Anne Diehl

Spuren der Habgier

Viel Spannung
beim Lesen!
Ihre Anne Diehl

Bibliografische Information der Deutschen Nationalbibliothek:
Die Deutsche Nationalbibliothek verzeichnet diese Publikation in der Deutschen Nationalbibliografie;
detaillierte bibliografische Daten sind im Internet über http://dnb.d-nb.de abrufbar.

Umschlagbild: Caterina Muth
Satz, Umschlaggestaltung, Herstellung und Verlag:
Books on Demand GmbH, Norderstedt
ISBN: 978-3-8391-5541-7

Inhalt

Ein perfektes Dinner

Brigitte Braunagel, die tüchtige Kollegin von Kommissar Krümel, freute sich riesig über die Einladung von dem sehr geschätzten Kriminalpsychologen Dr. Huber. Er und seine Frau hatten sie zu einem Dinner in ihre Villa geladen und das Beste war, ihren Chef auch. Es war für sie eine Ehre, denn Dr. Huber war schon ein ganz Großer und seine Frau lernte sie in einem früheren, sehr mysteriösen Fall kennen. Die schreckliche Geschichte endete wie im Märchen, denn das damalige wunderschöne Opfer, heiratete ihren Lebensretter und geliebten Psychologen. Brigitte gönnte der früheren Frau Wiesner das unwahrscheinliche Glück, denn diese musste bis dahin durch die Hölle gehen. Nie hatte die Kommissarin eine solch tolle Frau gesehen. Sie bewunderte sie nicht nur wegen ihrer sagenhaften Schönheit sondern auch ihrer unglaublichen Willensstärke, mit großem Respekt. Was für ein Glück, dass Barbara nach dem traurigen Tod ihrer Tochter Sandra, einen kleinen Sohn bekommen hatte. Dieses Baby wollte sie vor dem Dinner mit ihrem Chef bewundern. Brigitte Braunagel freute sich auf das Wiedersehen, auf das gute Essen im schönen Ambiente, aber am meisten auf ein paar Stunden, ohne Arbeit, mit ihrem Sven und hoffte inständig, dass kein dringender Fall, wie schon so oft, dazwischen funken würde. Das Privatleben kam sowieso immer zu kurz, denn unermüdlicher Einsatz rund um die Uhr war die Regel!

Sie sah diese Einladung als große Herausforderung und wollte den Kommissar mit ihren weiblichen Reizen umgarnen. Es musste doch möglich sein, Krümel, der auch nur ein Mann war, endlich aus der Reserve zu locken. Wie oft merkte sie wie Funken sprühten, nun sollte aus den Funken eine Flamme werden und als Feuer lodern! Sie fühlte dies Feuer nicht nur in ihrem Herzen, ihr Blut kochte und ihre Wangen glühten. Sie hatte es schwer neben der schönen Barbara, in die sich Sven damals sofort verknallt hatte. Schon allein deshalb ließ sie ihre Haare rot färben, was dem so beschäftigten Kommissar erst nach ein paar Tagen aufgefallen war. Das war dumm gelaufen! Ganz gegen ihre Art kaufte sie sich in einer Edelboutique ein sündhaft teures Kleid aus grünem, fließendem Chiffon mit raffiniertem Ausschnitt, passende Pumps und ein Täschchen dazu. Sie wollte an diesem besonderen Abend auch besonders gut aussehen und gab sich viel Mühe mit der Frisur und einem schmeichelnden Make-up.

Pünktlich wie immer stand der Kommissar vor ihrer Tür und staunte nicht schlecht als seine rechte Hand ihm regelrecht fremd vorkam. Er musterte sie von oben bis unten, dann sagte er überrascht: »Oh, du hast dich aber in Schale geworfen, wir wollten doch essen und nicht zum Ball!« Er hatte es kaum ausgesprochen, als Brigittes Gesicht zur Maske erstarrte.

»Du siehst richtig großartig aus«, stammelte er mehr aus Verlegenheit als aus Überzeugung.

»Du steckst ja auch im guten Zwirn und nicht wie sonst in deinen ausgebeulten Jeans«, konterte sie und warf ihren Kopf in den Nacken. Sie überspielte ihre Enttäuschung lächelte ihn süß an, zupfte an seiner Krawatte und lobte: »Ein schöner Schlips, du siehst blendend aus, ich freue mich über eine so tolle Begleitung. Lass uns unseren gemeinsamen, freien Abend genießen.«

»Tun wir auch«, murmelte Sven, dabei hielt er ihr sehr galant die Wagentür auf.

»Danke, du bist ja ein richtiger Kavalier.«

Der Kommissar freute sich über das freundliche Wesen seiner Kollegin, obwohl er mit ihrer alltäglichen burschikosen Art viel mehr anfangen konnte. Mit einem Blumenstrauß, einer Flasche Wein und einem riesigen Kuscheltier in den Händen schellten sie bei der Familie Huber. Der Hausherr öffnete die Tür und gab auch als solcher eine gute Figur ab. Dr. Huber begrüßte seine Gäste sehr freundlich und geleitete sie durch den langen Flur ins Wohnzimmer. Dort kam die Frau des Hauses, schön wie ein Bildnis, auf sie zu und streckte ihnen lächelnd beide Arme entgegen. Ihre smaragdgrünen Augen strahlten wie kostbare Juwelen.

»Heute freue ich mich ganz besonders über ihr Kommen, die Schrecken sind längst Vergangenheit, mein Glück ist unbeschreiblich.«

»Es steht ihnen ins Gesicht geschrieben«, antwortete der faszinierte Krümel. Er hatte Mühe das Papier von den Blumen zu lösen und schaute entzückt über seinen Brillenrand.

»Herzlichen Glückwunsch zum Stammhalter«, sagte er beim Überreichen der Blumen. Die junge Kommissarin umarmte herzlich die Glückliche, die nun endlich auch Mutter sein durfte, reichte ihr den Teddy und dem stolzen Vater den mitgebrachten Wein. Die langjährige Haushälterin Frau Semmler kam ins Zimmer und servierte auf einem Silbertablett einen eisgekühlten Edelblubber. Erst beim Zuprosten in die Runde bemerkte Sven Krümel Brigittes leidvollen Gesichtsausdruck und somit auch den ungewöhnlichen Grund. Frau Huber trug das gleiche Kleid wie seine Kollegin, sah allerdings darin ganz anders aus.

»Ach, so ein Zufall«, lächelte er um sein zerknirschtes Nägelchen wieder heiter zu stimmen, was aber unmöglich schien.

»Machen sie sich nichts draus«, ergriff die Gastgeberin das Wort: »Mir macht es nichts und zeigt doch nur, dass wir Beiden einen guten Geschmack haben.«

Sie lachte unbekümmert und fügte aufheiternd hinzu: »Uns könnte man glatt für Zwillinge halten und da wir so gleich sind, wollen wir uns auch duzen.«

Mit diesem schönen Vorschlag waren Alle einverstanden. Nach dem Brüderschaftsdrink räumte die Haushälterin die Gläser weg und Barbara öffnete eine breite Schiebetür: »Darf ich bitten?«

Dieses ließen sich die Gäste nicht zweimal sagen, mit Begeisterung bestaunten sie das traumhafte Ambiente und setzten sich an die wunderschön gedeckte Tafel auf der sich die fein gefalteten Servietten im Silberbesteck und den polierten Gläsern spiegelte. Dieser Tisch lud nicht nur durch die Harmonie von Geschirr, Blumen und Tischwäsche ein, sondern offenbarte das Wesen, den Geschmack und die Stimmung der Gastgeberin, und die Kommissare empfanden die auf das ganze Arrangement verwendete Sorgfalt, als ein großes Geschenk. Stimmungsvoller konnte dieser Abend, auf den sich besonders Brigitte freute, nicht beginnen. Die abwechslungsreichen fünf Gänge waren von der Gastgeberin allein gekocht, wurden nun nach Absprache, von Frau Semmler liebevoll angerichtet serviert, damit Barbara sich mit ihrem Mann, intensiv um die lieben Gäste kümmern konnte. Diese genossen die leckeren Speisen in diesem häuslichen ansprechenden Rahmen mit den überglücklichen Gastgebern. Da ausgemacht war, mal nicht von der Arbeit zu reden, unterhielt man sich, wie konnte es auch anders sein, über den kleinen Sohn des Hauses und über das große Glück der strahlenden Eltern. Gesprächsstoff für mehr als zwei Stunden, denn solange dauerte es, bis die Köstlichkeiten verspeist und die edlen Tropfen getrunken waren. Nach dem exquisiten Dessert aus zweierlei Mouse an chocolat und gebackenem Korb mit Blutorangensorbet hielten die beiden Hubers noch zwei Überraschungen bereit. Einen schwarzen Espresso und die Bitte an Sven, die Patenschaft für ihren Sonnenschein zu übernehmen. Diese Nachricht schlug wie eine Bombe ein. Der nervenstarke Sven Krümel war sichtlich gerührt. Er nahm seine Brille von der Nase, rieb sich die

Augen, umarmte im Freudentaumel die stolzen Eltern, hob Nägelchen in die Höhe und gab der angenehm Überraschten einen kräftigen Schmatz: »Wo ist mein Patenkind, ich muss es unbedingt sehen!«

»Ich mache ihn noch für die Nacht fertig. Ihr könnt mit uns ins Kinderzimmer gehen und zusehen«, lachte Barbara, ihr Mann stand auf und zeigte den Weg nach oben in das märchenhafte Babyparadies. Das Kerlchen lag etwas unruhig in seinem Stubenwagen und bewegte die kleinen Händchen wie das winzige rosafarbene Köpfchen.

»Unser Sven hat Hunger und schon auf uns gewartet. Komm mal her mein Kleiner.«

Barbara nahm den Kleinen ganz sanft hoch und zeigte ihn den Ermittlern, die begeistert auf das kleine Baby schauten. Natürlich kam jetzt die Wickelnummer die genauestens von allen Anwesenden beobachtet wurde.

»Ach wie süß, und noch so winzig«, flüsterte die junge Kommissarin, die vorsichtig das kleine Bündel in ihren Armen halten durfte. Sie strahlte Sven an, der freudestrahlend die Arme ausstreckte.

»Aber ganz sanft, nicht so fest anfassen und keinesfalls fallenlassen«, riet der besorgte Vater.

»Leg mir mal mein Patenkind auf ein Kissen, ich glaube, dann geht es besser«, wusste Sven sich geschickt zu helfen.

»Habt ihr schon einen Tauftermin?« wollte er wissen.

»Auf jeden Fall erst im Frühjahr, dann ist es nicht mehr so kalt. Ihr bekommt noch früh genug den Termin und seid selbstverständlich Beide herzlich eingeladen«, sagte der Hausherr, der jetzt mit seinen Freunden das Zimmer verließ und mit ihnen ins Wohnzimmer ging. Sie warteten bei einem Absacker auf die Kindsmutter, die ihrem Kleinen das Fläschchen gab. Dann verabschiedeten sich die Gäste und bedankten sich für diesen wunderschönen Abend und das perfekte Dinner.

Brigitte hatte Schmetterlinge im Bauch. Sven war heute so ganz anders und ein richtiger Familienmensch, so hatte sie ihren langjährigen Kollegen noch nie gesehen. Was hat der sich über die Patenschaft gefreut und wie würde er sich erst freuen, wenn er selbst verheiratet und Vater wäre! Diese Gedanken gingen ihr während der Fahrt durch den Kopf und verursachten wieder heiße Öhrchen.

»Sag mal, du bist so still, du schläfst doch nicht?«

»Ach, wie könnte ich nach so einem außergewöhnlichen Abend schlafen!« rief sie aus und seufzte glücklich.

»Ich wundere mich nur, dass wir nicht angepiepst wurden, dies passiert ja höchst selten, gerade wenn es so schön mit uns ist, müssen wir wieder ermitteln. Wie ich das hasse!«

»Dieses eine Mal, habe ich unseren Kollegen gesagt, sollen sie uns heute in Ruhe lassen, denn immer können wir auch nicht vor Ort sein, morgen ist schließlich auch noch ein Tag.«

»Deshalb«, wunderte sie sich und fand ihren Chef noch sympathischer: »Du kommst doch mit nach oben, es ist noch früh am Abend und wir haben mal endlich Zeit für uns?«

»Ein schöner Gedanke Nägelchen, aber sollten wir es nicht erstmal dabei bewenden lassen? Nichts gegen dich aber ich brauche mal etwas Ruhe, in den letzten Wochen haben wir kaum geschlafen, ich sehne mich nach meinem Bett.«

»Du bist so ein richtiger Spielverderber, wir hätten diesen Abend so schön ausklingen lassen können. Glaube nicht, dass ich dich noch einmal frage«, sagte sie ärgerlich und stampfte aus seinem Wagen;

»Gute Nacht Chef«

»Gute Nacht Frau Kollegin!«

Merkwürdige Geschehnisse

Kommissar Krümel erschien wie jeden Morgen überpünktlich und gutgelaunt zum Dienst, doch spürte er endlich wieder eine wohltuende Leichtigkeit in seinen Knochen, ein wunderbares Gefühl, worauf er schon ewig lange gewartet hatte. Dank seiner tiefen, langen Nachtruhe sprühte er nur so vor Elan und fühlte sich fit wie ein Turnschuh. Was acht gute Stunden Schlaf bei ihm bewirkten war sensationell, es wurde höchste Zeit sich etwas mehr Ruhe zu gönnen! Dieses Ziel hatte er sich schon lange gesetzt, doch war meistens der Wunsch, der Vater des Gedankens!

Kommissarin Braunagel, die ihren Chef bei seinen Einsetzen immer begleitete und zwangsläufig auch um ihre Nachtruhe gebracht wurde, nutzte ihren frühen Feierabend nicht zum Entspannen, ganz im Gegenteil, sie lag verkrampft in ihrem Bett, heulte sich die Augen aus und versuchte sich einzureden, was für ein gemeiner, kalter und gleichgültiger Kerl ihr Chef doch war. Wie wahr und welch ein Glück, dass sie und er privat, kein Paar waren. Sie wollte ihm nun die kalte Schulter zeigen, denn dafür hatte er sie zu sehr gedemütigt, übrigens war sie auf ihn nicht angewiesen. Brigitte tat, als wäre nichts gewesen und setzte sich äußerlich locker und cool an ihren Arbeitsplatz.

»Was liegt an?« schaute sie fragend in die Runde.

»Unsere Daueranruferin hat sich wieder gemeldet, jetzt ist ihre Tochter seit gestern verschwunden. Die Kollegen haben alles aufgenommen und es zu den Akten gelegt. Hier, mittlerweile schon ein stattlicher Ordner. Wir fahren da am besten mal hin und schauen nach, was Sache ist.«

»Seit Wochen tischt uns Frau Schulte immer neue Geschichten auf, sie sind alle überprüft worden.«

»Ja, und wenn wir da sind, ist nichts passiert«

»Die Gute will sich nur interessant machen.«

»Wir glauben, die hat ne Macke«

»Die hat nicht alle Tassen im Schrank.«

»Wenn ihr da gleich aufkreuzt, dann sitzt ihre Tochter bestimmt gemütlich am Frühstückstisch!«

»Es wäre nicht das erste Mal, dass wir dort hingefahren sind und sich alles in Luft aufgelöst hat.«

Die Kolleginnen und Kollegen von Krümels Team redeten durcheinander und waren ziemlich erbost: »Wir haben doch noch was anderes zu tun, als uns verarschen zu lassen. Wie kommt man denn nur auf so fixe Ideen. Ihr werdet sehen, die Alte hat 'nen Rad ab!«

Sven Krümel wollte sich selbst ein Bild von dieser Anruferin machen und ihr nahe legen, dass es so nicht geht und sie bei weiteren Zuwiderhandlungen mit einem empfindlichen Bußgeld rechnen müsse. Er deutete Brigitte an, mitzukommen.

»Oh, eine schöne Wohngegend«, meinte Brigitte als sie die Stichstraße verließen und von weitem das große Anwesen der Familie Schulte erblickten.

»Nicht schlecht, noch so eine tolle Villa. Nägelchen, Nägelchen so etwas werden wir uns niemals leisten können, selbst wenn wir uns Tag und Nacht den Arsch aufreißen!«

»So etwas brauche ich auch nicht zum Glücklichsein«, entgegnete sie und schluckte etwas mit bitterem Beigeschmack. Sie hatte gerade kurz geschellt, da wurde ihnen sofort geöffnet.

»Gut, dass sie da sind, kommen sie rein und tun sie endlich was«, rief eine aufgewühlte Frau, die ihre Arme zum Himmel streckte und mit roten, verweinten Augen die Ermittler erbarmte.

»Kommissar Krümel und Kollegin Braunagel«, stellten sich

die Beamten vor. Bevor sie weiteres sagen konnten, vernahmen sie die weinerliche Stimme dieser Verzweifelten: »Mein Gott, ganz furchtbare Dinge geschehen hier in diesem Haus, immer und immer wieder. Seit gestern ist meine Tochter verschwunden, stellen sie sich das vor. Ich weiß nicht wo und was mit ihr ist. Helfen sie mir und suchen meine Tochter.«

»Frau Schulte, dürfen wir hereinkommen? Führen sie uns bitte in einen Raum, wo wir uns setzen und ganz in Ruhe unterhalten können.«

»Entschuldigen sie, natürlich, bitte nehmen sie Platz, ich bin ganz schön durcheinander.«

»Beruhigen sie sich erst ein wenig und dann erzählen sie uns was passiert ist.«

Die weinende Frau war nervlich am Ende, machte sich große Sorge um ihre Tochter und war mit Sicherheit in großer Not. Diese Unruhe war nicht frei erfunden, das war ein echter Fall und niemals gespielt. Man brauchte kein Psychologe zu sein, um zu erkennen, dass im Gesicht dieser bedauernswerten Frau, Angst und Sorge zu lesen war. Brigitte Braunagel sah sofort am Gesichtsausdruck des Kommissars, dass er mit ihr einer Meinung war und fragte: »Wie alt ist ihre Tochter?«

»Sie ist gerade sechzehn geworden.«

»Sie glauben nicht, wie oft Teeneger in dem Alter mal über die Stränge schlagen, bei ihren Freunden oder Freundinnen übernachten, nur vergessen sich Zuhause zu melden, oder auch für einen Tag mal Schule schwänzen wollen. In den meisten Fällen kommen die Jugendlichen innerhalb von zwei Tagen wieder nach Hause und alles ist dann vergeben und vergessen. Machen sie sich nicht zu große Sorgen und befürchten nicht sofort das Allerschlimmste.«

Die junge Kommissarin sprach beruhigend auf Frau Schulte ein, aber diese ließ sich nicht beruhigen und betonte: »Niemals wäre meine Tochter ohne was zu sagen weg geblieben. Sie hat mir immer alles gesagt und wir hatten auch ein sehr gutes Vertrauensverhältnis.«

Die Kommissare wollten natürlich klare Angaben und wissen, wer noch mit in der großen Villa wohnte, wann die Tochter aus dem Haus gegangen, mit wem sie befreundet war und ob sich das junge Mädchen in der letzten Zeit anders als sonst verhalten und es eventuell schulischen Stress gegeben habe. Sie schauten sich das Zimmer an und versuchten der Verzweifelten etwas Angst zu nehmen.

»In der Regel nehmen wir in solchen Fällen erst nach drei Tagen unsere Arbeit auf, da wie gesagt, sich meistens alles von selbst aufklärt. Wir wünschen und hoffen, dass ihre Tochter in den nächsten Stunden hier wieder reumütig aber wohlbehalten auf der Matte steht. Ein hübsches junges Mädchen, können wir das Foto haben?«

»Natürlich, bitte suchen sie meine Katja, ihr muss was passiert sein, sonst wäre sie nicht so mir nichts dir nichts verschwunden. Ich habe auch schon bei all ihren Freundinnen angerufen, nirgends ist sie gewesen. Es fehlen keine Kosmetika und auch keine Klamotten. Da stimmt doch was nicht.«

»Natürlich gehen wir der Sache nach. Haben sie auch schon ihren Mann angerufen, weiß der nicht wo das Mädel sein könnte?«

»Ja sofort, aber wissen sie, mit meinem zweiten Mann versteht Katja sich nicht so gut, dem würde sie auf keinen Fall erzählen was sie vor hat, aber mir ganz gewiss. Könnte nicht auch eine Entführung dahinter stecken?« wollte Frau Schulte wissen.

»Diese Vermutung liegt nahe, sie sind im Besitz eines bekannten gut gehenden, gesundem Familienunternehmen und verfügen über ein stattliches Einkommen, oft Grund genug, Geldbeträge zu erpressen. Wenn es sich tatsächlich um eine Entführung handelt, dann müsste sich der Erpresser in den nächsten Stunden melden, dann werden wir ganz versteckt und gezielt vorgehen. Machen sie sich noch nicht zu große Sorgen, es wird alles nicht so heiß gegessen wie es gekocht wird, wir stehen ihnen mit Rat und Tat zur Seite.« stellte Krümel fest. Er wusste was in dieser Frau vorging und dass für sie jede Stunde ohne ihrer Tochter unendlich lang und qualvoll war.

»Erzählen sie uns mehr über ihre Familie, über ihr Zusammenleben, ihren Freunden, von Katja und von den Dingen die in den letzten Wochen passierten, damit wir uns ein genaues Bild machen und diese Situation einordnen können,« forderte Kommissarin Braunagel Frau Schulte auf. »Ich mache uns erst einen Kaffee, dann geht es vielleicht besser.«

»Eine gute Idee, ich gehe mit, sagen sie steht ihnen in diesem großen Haus kein Personal zur Verfügung?«

»Doch an drei Tagen kommt eine Reinigungskraft und Freitags der Gärtner. Mein Mann ist nur an den Wochenenden und den Feiertagen hier im Haus und ganz selten mal einen Tag in der Woche. Er ist als Geschäftsführer unserer Firma ständig unterwegs und sehr beschäftigt. Es ist eben so, von nichts kommt nichts, hoffentlich ist der erwirtschafte Wohlstand nicht unser Untergang!«

»Das denken wir nicht« lächelte die Kommissarin und half die Tassen ins Wohnzimmer zu tragen. Nach dem ersten wohltuendem Schluck ergriff die Hausfrau das Wort: »In den letzten Wochen passierten die unmöglichsten Dinge, diese habe ich ihren Kollegen alle geschildert. Ich bin viel zu aufgeregt, um alles zu wiederholen. Was zählt, ist meine Tochter, ich spüre, dass ihr etwas passiert ist. Entschuldigung, ich habe den Zucker vergessen, der Kaffee ist ja eher ein Espresso«, Frau Schulte stand auf um den Zucker aus der Küche zu holen. Auf dem Weg dorthin öffnete sie schnell die Haustür, da es im gleichen Moment klingelte.

»Guten Morgen Annemarie« begrüßte sie die Tochter ihres Gärtners und nahm aus deren Hände ein Päckchen in Empfang.

»Das ist bei uns abgegeben worden«, sprach das Kind und hüpfte davon. Die Kommissare wunderten sich, dass die Frau des Hauses noch beim Klingelton die Tür öffnete.

»Ich sah die Kleine ankommen und bin sofort zur Tür geeilt. Hier, das hat sie mir gegeben«, in der einen Hand hielt sie die Zuckerdose und in der anderen ein Päckchen in der Größe eines Schuhkartons. Die junge Kommissarin griff in ihre Tasche, holte sich Gummihandschuhe und streifte diese über.

»Lassen sie mich das Päckchen öffnen«, vorsichtig entfernte sie die zusammen gepappten blutgetränkten Papiertaschentücher, wickelte angewidert Lage für Lage ab, bis ein abgetrennter Finger mit Ring zu sehen war. Alle Augen starrten auf diesen blutbesudelten großen Stein, dessen weißblaue Schattierung doch noch gut zu erkennen war.

»Ist das der Ring ihrer Tochter?« fragte der Kommissar, griff der torkelnden Mutter unter den Arm und rückte für sie einen Stuhl zurecht.

»Das ist ihr Lieblingsring. Diesen Opal habe ich ihr zum 16. Geburtstag geschenkt, ihn trägt sie Tag und Nacht auf ihrem Mittelfinger. Oh Gott, man hat sie doch entführt und ihr den Finger abgetrennt wie furchtbar!« schrie sie entsetzt.

»Ja, sie ist wohl in der Gewalt von einem oder mehreren Entführern. Komischerweise ist kein Schreiben dabei. Regen sie sich nicht zu sehr auf, man will sie nur bange machen. Dass dieser Finger nicht echt ist, sieht doch ein Blinder mit 'nem Krückstock, wir lassen dieses Päckchen untersuchen.«

Kommissarin Braunagel packte es nach der Aussage ihres Chefs wieder ein und meinte: »Er ist wahrscheinlich von einer Schaufensterpuppe oder so. Ist in ihrem Bekanntenkreis jemand der an so etwas herankommt?«

»Nicht dass ich wüsste, jetzt rufe ich aber mal meinen Mann an, damit ich hier nicht so alleine bin.«

»Das wollten wir ihnen gerade vorschlagen Frau Schulte und

bewahren sie die Ruhe. Wir kümmern uns um sie. Wichtig ist, dass sie uns nichts verheimlichen und uns auf dem Laufenden halten. Sie werden bald einen Erpresserbrief oder einen Anruf erhalten, sie bekommen von uns Unterstützung, versuchen sie nichts ohne die Polizei, wir kriegen das schon geregelt. Wir werden ihr Anwesen nicht mehr aus den Augen lassen«, sagte Krümel und verließ mit seiner Kollegin die Villa um Ermittlungen einzuleiten. Während seine Jungs sich bei dem Gärtner schlau machten und im Gymnasium alle erforderlichen Fragen stellten, nahm sich das bewährte Ermittlerteam die Aktennotizen von Frau Schulte vor. Es waren genau dreiundvierzig Hilferufe eingegangen, diese Zahl stand im Protokoll. Anrufe von dieser gut situierten Geschäftsfrau die nachts um ihren Schlaf beraubt, in Angst und Schrecken versetzt wurde und in ihrer großen Not sich an die Polizei wandte. Dreiundvierzig Hilferufe, denen man gewissenhaft nachgegangen war, doch niemals Spuren einer vorangegangenen Tat entdecken konnte. Jedes Mal wenn die Beamten vor Ort waren, sah alles ganz normal aus, nur die Frau des Hauses war einem Nervenzusammenbruch nahe.

»Das sind merkwürdige Geschehnisse«, sagte Sven: »Ob die wirklich alle von Frau Schulte erfunden wurden? Also, ich glaube das nicht. Irgendwas ist in der Villa faul.«

»Ich habe den Eindruck, dass man der Frau Angst machen und aus dem Haus jagen will. Immer wieder diese schrecklichen Erlebnisse, wenn ich so etwas andauernd ertragen müsste, wäre ich schon längst ausgezogen. Die hat doch Geld wie Heu! Auch merkwürdig, dass der Mann so selten Zuhause ist. Gerade wenn so seltsame Dinge passieren, gehörte der Ehemann doch an der Seite seiner Frau.«

»Vermutlich glaubt er seiner Frau auch nicht, selbst unsere Jungs konnten keinerlei Hinweise finden!«

»Die Frau ist aber doch nicht bescheuert und bildet sich alles nur ein!« Sven Krümel nahm bei Brigittes Worten seine Brille von der Nase, hauchte seinen warmen Atem auf die Gläser und putzte sie in aller Ruhe spiegelblank. Als er sich vom klaren Durchblick überzeugt hatte, schaute er über seinen Brillenrand, setzte seinen treuen Hundeblick auf und schaute in Nägelchens sich rosa färbendes Gesicht. Er mochte es wenn die sonst so couragierte Kollegin bei diesem Blickkontakt jedes Mal rot wurde, was sie unter allen Umständen vermeiden wollte, weil es ihr so schrecklich peinlich war. Ach, der gewiefte Sven, wusste genau, was in ihrem hübschen Köpfchen vorging, was sie fühlte und dachte. Er genoss diese Situationen an manchen Tagen ganz besonders.

»Unser Dr. Huber würde uns jetzt sicher erklären, dass es viele einsame Frauen gibt, die den Zwang haben auf sich aufmerksam zu machen, um Liebe und Zuneigung zu bekommen. Die sich sogar selbst verletzen nur um im Mittelpunkt zu stehen.«

Brigitte schaute wieder cool drein und überraschte Sven mit diesem Einwand.

»Da hast du Recht, diese Erklärung könnte uns unser Freund auftischen, er sucht ja nur das Gute im Menschen. Meinst du wirklich, die Frau inszenierte alles selbst? Und was ist mit der Entführung ihrer Tochter? Da glaube ich eher, dass man die Frau in den Wahnsinn treiben will. Ich sage dir, wir bekommen es heraus und auch warum!«

Dieses entschlussfreudige Handeln schätzte Brigitte Braunagel an ihren Chef. Nahm er erst eine Fährte auf, dann war er nicht mehr zu bremsen.

Ungeheuerlich

Am nächsten Morgen, als Krümel sein Büro betrat, herrschte eine außergewöhnlich gute Stimmung im Kommissariat. Nicht dass unter seiner Leitung nur ernstes Grübeln angesagt war, es durfte auch gelacht und trotz der schwierigen Aufgaben, ruhig Witzchen gemacht werden. Auf einem kleinen Schild, direkt neben der Eingangstür stand der Hinweis, wer schaffen will, muss fröhlich sein und daran hielten sich alle, obwohl ihnen in den vielen grausamen Fällen die sie lösen mussten, das Lachen eher verging. Heute war es ganz anders, die gesamte Gruppe seiner Mitarbeiter grinste bis über beide Ohren und wartete belustigt auf Krümels Reaktion, wenn sie die Bombe platzten ließen.

»Was ist los? Gibt es etwas zu feiern?«

»Ja, wie man es nimmt, Katja Schulte sitzt, genau wie wir es voraus gesagt haben, wieder Zuhause am Frühstückstisch.« Sven Krümel musste erst schlucken und das laute, spöttische Gelächter seiner Ermittler einfach überhören. Er konnte nicht verhindern, dass seine Kinnladen herunter fielen und er einen nicht nur überraschten auch ziemlich blöden Eindruck machte. Sie hatten ihn auf den falschen Fuß erwischt!

»Kommst du auch noch?« fuhr er die gerade eintreffende Kommissarin Braunagel an.

»Guten Morgen, wieso, ich bin doch gut in der Zeit. Welche Laus ist dir denn über die Leber gelaufen?«

»Das wirst du gleich sehen, komm direkt mit.« Sven zog Brigitte aus dem Büro, vernahm hinter den Türen ein lautes Gelächter und ging mit ihr und dem Aktenordner unterm Arm nach seinem Wagen.

»Stell dir vor, die Tochter von Frau Schulte soll wieder zu Hause sein. Hat die Frau uns denn wirklich, wie von den Kollegen angenommen, nur verarscht? Das war natürlich ein gelungenes Fressen, für die Jungs. Das Gekicher habe ich noch in den Ohren.«

Brigitte fühlte mit Sven und wusste, dass er da dran schon zu knabbern hatte.

»Es ist gut, dass mit der Tochter nichts Schlimmes passiert ist. So wie es aussah, hätte wer weiß was geschehen können. Es ist sehr rätselhaft was in der Villa passiert und wirklich ungeheuerlich. Wir müssen schon der Sache nachgehen. Ach, da sind wir ja schon, ich bin gespannt, was uns die Beiden zu berichten haben. Und noch eins Sven, lass den Kollegen ihren Spaß, sie freuen sich doch auch, wenn sie mal Recht haben«, sprach sie und lächelte ihren Sven verständnisvoll an. Sie eilten durch den Vorgarten, der eher wie ein Park aussah und schellten mit gemischten Gefühlen an der Eingangstür dieser beeindruckenden Villa. Frau Schulte war nicht wieder zu erkennen. Mit erleichtertem Lächeln öffnete sie die Tür und bat das auf eine Erklärung wartende Ermittlerpaar herein.

»Guten Tag Frau Schulte, heute muss der Tag ja für sie ein Feiertag sein, wo ihre Tochter wieder Zuhause ist. Wie schön, da war ihre ganze Sorge umsonst.«

Der Frau des Hauses sah man ihre Erleichterung an, die jetzt ein ganz anderes Auftreten hatte.

»Erzählen sie uns, wie sich alles abgespielt hat.«

»Gerne, ich habe den gestrigen Tag nur am Telefon gesessen, auf ein Zeichen von Katja oder auf einen Brief von einem Erpresser gewartet, es geschah nichts. Spät abends als ihr Kollege sämtliche Räume, den Wellnesbereich und selbst im Keller den Heizungsraum nach meiner Tochter durchsucht hatte und gegangen war, bin ich nach oben ins Schlafzimmer und wollte nur noch ins Bett. Ich hatte wegen der Aufregung einen schrecklichen Brummschädel. Als ich meine Bettdecke hochnahm, lag meine Tochter blutverschmiert in meinen Kissen.

Sie können sich nicht vorstellen, was ich für einen entsetzlichen Schrecken bekommen habe. Ich dachte, meine Tochter sei tot. Sie lag aber ganz friedlich zusammengekauert in meinem Bett und schlief ganz fest. Ich habe mich zu ihr gelegt und sie ausschlafen lassen. Sie hat nicht gemerkt, dass ich ihr das verschmierte Zeug ausgezogen und ihr ein frisches Nachthemd übergestreift habe«, Frau Schulte atmete tief durch und meinte kopfschüttelnd:

»Ich kann bald nicht mehr, meine Nerven sind am Ende, warum macht man so etwas mit mir?«

»Eine Frage die nicht so leicht zu beantworten ist. Ihre Villa wurde ganz genau von draußen beobachtet ja und unser Kollege hat sich tagsüber in ihren Räumlichkeiten umgesehen, es ist nichts Auffälliges beobachtet worden. Jetzt sagen sie uns wie es möglich ist, dass die verschwundene Tochter plötzlich nicht mehr verschwunden ist? Wo ist ihre Tochter jetzt und wo das verschmierte Zeug?«

»Das verschmierte Zeug habe ich den Müllmännern mitgegeben, ich bin froh, wenn ich so einen Dreck nicht lange im Hause habe. Meine Tochter wollte sich heute unbedingt wegen einer anstehenden Klassenfahrt in der Schule melden. Das durfte sie doch oder? Sie hat überhaupt keine Ahnung, was mit ihr passiert ist und konnte sich an nichts mehr erinnern. Ich habe dann auf dem Präsidium angerufen und gesagt, dass sich alles aufgeklärt hat und bin ehrlich gesagt, heilfroh darüber!«

»Aber Frau Schulte, so geht es nicht. Wenn wir ihnen helfen sollen, dann dürfen sie uns nichts verheimlichen und schon gar nicht wichtige Spuren vernichten. Auch hätte ihre Tochter einem Arzt vorgestellt werden müssen. Sie ist wahrscheinlich mit K.O.-Tropfen betäubt worden, dadurch kann sie sich wirklich an nichts mehr erinnern. Leider kann man dieses Betäubungsmittel nach mehreren Stunden nicht mehr im Blut nachweisen. Sie hätten uns sofort rufen müssen!« erklärte der aufgebrachte Kommissar.

»Wie oft habe ich schon nachts angerufen, nie bin ich für voll genommen worden. Wissen sie wie das ist, wenn man hinterrücks ausgelacht wird? Ich war froh, dass meine Tochter gesund bei mir im Bett lag, da habe ich an die Polizei nicht mehr gedacht.«

»Aber denken sie bitte daran, sollte ihnen noch Mal was komisch vorkommen, dann rufen sie uns sofort an, auch wenn es mitten in der Nacht ist. Ich gebe Ihnen unsere persönliche Karte, wir kommen sofort.« Die Kommissarin reichte der Geschäftsfrau ihr Kärtchen und fragte: »Ist ihr Mann denn mittlerweile im Hause?«

»Nein, der hat einen wichtigen Termin in Hamburg, wird aber so schnell wie möglich nach Hause kommen. Er war auch geschockt, als er von der Entführung hörte. Ihm habe ich natürlich sofort die freudige Nachricht mitgeteilt, er war überglücklich.«

»Was sagt ihr Gatte denn überhaupt von diesen komischen Geschehnissen in ihrem Haus? Die passieren doch sicher immer wenn sie alleine sind, oder?« wollte Sven Krümel wissen und blätterte aufmerksam den Ordner durch.

»Ich sage ihm nicht alles, meistens klärt es sich ja von selbst auf, sonst meint er auch noch ich wäre bekloppt. Eine traurige Vorstellung für eine Frau die ihren Mann liebt. Also ich will nicht, dass er so etwas von mir denkt, und möchte für ihn immer begehrenswert bleiben.«

»Wir vermuten, dass man ihnen mit diesen ständig sich wiederholenden Attacken nur Angst einflößen und sie aus der Villa vertreiben möchte. Haben sie schon darüber nachgedacht? Wer hätte Nutzen davon, gibt es in der Verwandtschaft oder im Freundeskreis jemanden, der ihnen so etwas antun könnte? Haben sie Neider und Feinde? Gibt es in ihrer Villa eventuell ein Versteck oder irgendeinen Verschlag oder einen Geheimgang? Denken sie mal darüber nach. Wir gehen der Sache nach und werden diesem Störenfried ganz bestimmt das Handwerk legen. An gruselige Geister, Gespenster, die plötzlich auftauchen und verschwinden und merkwürdigen Horrorgestalten, die durch Wände gehen, glauben wir ganz sicher nicht. Richten sie ihrer Tochter aus, dass sie sich so um 15:00 Uhr auf der Wache melden soll, wir brauchen ihre Aussage für ein Protokoll. Sie hören noch von uns Frau Schulte und passen sie gut auf sich auf!«

Der Kommissar sprach's nahm seinen Ordner und verließ mit seiner rechten Hand dieses tolle Anwesen mit den vielen Ungeheuerlichkeiten.

»Eine merkwürdige Geschichte, was will man damit bezwecken? Es wird Zeit, dass wir dieser Sache auf den Grund gehen, wer weiß was sonst noch alles passiert. Ich bin gespannt auf den Schulte, mal sehen was der dazu sagt.«

»Ja Nägelchen, ich würde meine Frau nie so lange alleine lassen. Jeder ist zu ersetzen, die können sich doch wirklich mehr Zeit für einander leisten. Gute Leute gibt es in der Branche, das dürfte kein Problem sein.«

»Hör bloß auf, das musst du gerade sagen. Von Freizeit und regelmäßiger Arbeitszeit hast du doch noch nichts gehört. Warum bist du denn immer so kaputt und weshalb gönnst du dir nicht ein paar Stunden Abwechslung. Jetzt kürzlich, was hatte ich mich auf unseren freien Abend gefreut, wir hätten es uns so schön machen können. Du würdest deine Frau genau so alleine lassen, wenn du eine hättest, denn um auf Freiersfüßen zu gehen, fehlt dir die Zeit und bei passender Gelegenheit, bist du ja schlaftrunken. Hör doch auf, in deiner Arbeitswelt fühlst du dich am wohlsten, gut dass ich wenigstens darin eine kleine Rolle spiele.«

So, das musste mal gesagt werden und das war gerade der

richtige Zeitpunkt. Brigitte war mit ihrer Beschwerde sehr zufrieden, ihr Herz raste und ihre Wangen glühten.

»So darfst du mir jetzt aber nicht kommen. Aufklärungsarbeit liegt mir im Blut und dir Nägelchen doch auch. Weißt du, ich habe in der letzten Zeit wirklich viel zu wenig geschlafen, das möchte ich gerne ändern, doch das ist der Nachteil in unserem Beruf. Damit du mir nicht ewig vorhältst, was ich für eine verdammte Schlafmütze bin, lade ich dich heute zum Italiener ein, du hast doch Zeit?«

Brigitte schoss das Blut ins Gesicht und wie ihr Herz klopfte, sah man an ihrer pochenden Halsschlagader, was Sven mit einem einzigen Blick geschmeichelt feststellte.

»Du weißt doch, wenn du Zeit hast, dann habe ich auch Zeit, nur die Lust haben wir selten gemeinsam.«

»War das jetzt ein ja, oder willst du mich weiter ärgern?«

»Ach Sven, das war ein ganz klares ja, ich freue mich schon sehr auf heute Abend.«

Der Abend kam schnell und wurde ausnahmsweise pünktlich eingeleitet. So blieb Brigitte noch genug Zeit sich frisch und für das Essen hübsch zu machen. Die glückliche Rothaarige hatte sich gerade in Schale geschmissen, als das Telefon läutete.

»Das darf doch nicht wahr sein Sven, sag jetzt nicht, dass wir einen Einsatz haben und unsere Verabredung, wie so oft, platzt.«

Die Kommissarin war sehr wütend und machte am Telefon auch keinen Hehl daraus.

»Ich kann auch nichts dafür und mach das bestimmt nicht extra. In ein paar Minuten bin ich bei dir. Frau Schulte klang unheimlich ängstlich am Telefon. Du hast ihr doch selbst unsere Karte gegeben.«

»Wie, die schon wieder, das wird jetzt aber ein wenig langweilig!«

»Wir haben ihr versprochen sofort zu kommen. Also in wenigen Minuten bin ich bei dir. Es hörte sich sehr dringend an!« Sven hatte schon das Gespräch unterbrochen, bevor Brigitte noch weiteres sagen konnte.

»Oh Mann«, zischte sie und schmiss den Hörer auf den Tisch: »Mit uns klappt das wohl nie!« Sie zog sich statt der leichten Schühchen dickere Stiefel an und hüllte sich in einen Mantel. Trotz der bitteren Kälte und dem starken Schneefall zog die Kommissarin es vor auf der Straße auf ihren Chef zu warten, damit sie keine Zeit verschenkten. Mit Blaulicht und Martinshorn verschafften sie sich auf den Straßen freie Fahrt um schnellst möglichst vor Ort zu sein. Kurz vorm Ziel stellte Krümel die Sirene ab um nicht auf die Polizei aufmerksam zu machen. Sie eilten über die Terrasse durch die angelehnte Wohnzimmertür, rannten durch die unteren Räume, nahmen zwei Stufen auf einmal um mit vorgehaltenen Pistolen ins Schlafzimmer zu gelangen. Was sie dort sahen, erschreckte die erfahrenen Ermittler, weil sie damit wirklich nicht gerechnet hatten. Frau Schulte lag mit ausgebreiteten Armen auf ihrem Bett und blutete aus mehreren Schusswunden sehr heftig. Brigitte ging vorsichtig auf das Opfer zu um ihren Puls zu fühlen und fest zu stellen, wie schwer sie verletzt, oder überhaupt noch am Leben war. Sven Krümel schaute sehr genau, ob er den oder die Täter entdecken konnte und hielt seiner Kollegin den Weg frei. Die Kommissarin war noch nicht bei der Frau, als plötzlich wie wild mehrere Schüsse abgefeuert wurden. Brigitte brach verletzt zusammen und fiel mit dem Oberkörper direkt auf das im Bett liegende Opfer. Krümel duckte sich, hielt die Waffe in allen Richtungen, sah aber niemanden. Ganz vorsichtig rutschte er am Boden liegend, in die Richtung des Bettes und nahm sein bewusstloses, stark blutendes Nägelchen im Kugelhagel vom Lager, hielt es mit dem linken Arm in seinem Schoß, schoss in alle Richtungen und rutschte wieder zurück aus dem Schlafzimmer. Im Hintergrund war alles gespenstisch still. Er nahm sein Handy forderte Verstärkung, die Spurensicherung und natürlich einen Notarzt, für seine langjährige Kollegin, die bewusstlos und schwer verletzt in seinen Armen lag, an. Er tätschelte ihre Wangen, kämpfte mit den Tränen und hauchte in großer Sorge: »Nägelchen, Nägelchen komm wach auf, ich brauch dich doch, ach, warum hat es nicht mich getroffen. Mach mir keine Schande, schimpf lieber mit mir aber schlag bitte deine Augen auf, ich will mir für dich zukünftig mehr Zeit nehmen, ich liebe dich doch auch.«

Endlich kamen seine Jungs die bestürzt waren, ihre Kollegin angeschossen und bewusstlos in Krümels Schoß zu sehen.

»Dort im Schlafzimmer liegt Frau Schulte wahrscheinlich tot im Bett, nehmt alle Spuren auf, ich muss mich erst um Kollegin Braunagel kümmern. Ich schau später wieder rein.«

Der sonst so ruhige Kommissar war ziemlich aufgewühlt. Er machte sich Sorgen um seine engste und wohl auch liebste Mitarbeiterin, die ihm immer zur Seite gestanden und mit ihm durch dick und dünn gegangen war. Einen Augenblick zweifelte er sogar an seinem Arbeitseifer, wenn er seine Kollegen hingeschickt hätte und sie zum Essen gefahren. Er weigerte sich diese Gedanken zu Ende zu führen, nie und nimmer hätte er sein Versprechen sofort zu helfen gebrochen, und auch seine Jungs niemals vorgeschickt! Der Chef der Mordkommission ging mit zum Rettungswagen und wollte auch sein Nägelchen begleiten, wenn ihn nicht ein Kollege dringend davon abgehalten hätte.

»Moment, du musst dir das erst noch ansehen, sonst glaubst du das nicht.«

»Fahren sie schon Mal vor, ich komme dann schnell nach«, sagte er zu den Rettungskräften, sah wie einige Kollegen das Anwesen nach Verdächtigen absuchten und ging zurück in die Villa.

»Sieh selbst!« Der Kommissar schaute auf das unbenutzte frisch bezogene Bett und sah von Frau Schulte keine Spur.

»Das gibt es doch nicht, die Frau war ganz sicher tot, wo ist die Leiche geblieben! Mein Gott, ich werde tatsächlich verrückt, will man uns zum Narren halten? Macht eure Arbeit und findet Beweise, ich muss jetzt los und mich um Kollegin Braunagel kümmern. Da wird doch der Hund in der Pfanne verrückt.«

Kopfschüttelnd verließ er mit seinem Wagen den Tatort. Die Ärztin in der Notaufnahme konnte den besorgten Kommissar schnell beruhigen: »Ihre Kollegin hat unwahrscheinlich Dusel gehabt. Sie ist zwei Mal angeschossen aber nur geringfügig verletzt worden, da es nur Streifschüsse sind. Sie hat viel Blut verloren und einen Schock erlitten. Alles in Allem hat sie großes Glück gehabt. Wir haben ihr etwas gegen die Schmerzen und ein Beruhigungsmittel gegeben. Lassen sie die Patientin erst etwas schlafen und kommen morgen wieder. Ich glaube, sie könnten auch etwas Ruhe gebrauchen.«

Sven Krümel folgte ihrem Blick, schaute an sich herunter und merkte erst jetzt, dass er von oben bis unten voller Blut war. Er lächelte erleichtert, bedankte sich und meinte: »Ein Bad wäre jetzt nicht schlecht.«

Alles ganz anders

Ganz anders als am Vortag, gab es für Kommissar Krümels Team an diesem Morgen nichts mehr zu lachen. Angespannt saßen die Kollegen vor ihren Unterlagen, die Stirn runzelnd oder ihren Kopf schüttelnd. Sie waren bis in die Haarwurzel motiviert und wollten so schnell als möglich diesen merkwürdigen und höchst rätselhaften Fall aufklären. Das waren sie ihrer beliebten Kollegin ganz bestimmt schuldig. Nicht auszudenken, wenn die Schüsse ihr Ziel nicht verfehlt hätten und sie Brigitte auf dem Friedhof besuchen müssten. Ganz schrecklich diese Vorstellung, es hätte ja auch jeden einzelnen von ihnen treffen können! Dass diese unglaubwürdigen Hilferufe von Frau Schulte doch so ernst zu nehmen waren und ein solches Maß von grausamer Kriminalität anzeigen würden, hätten sie nie für möglich gehalten. Da hatte doch ihr Vorgesetzter wieder den richtigen Riecher gehabt und sich mit seiner bewundernswerten Beherztheit dieser Sache angenommen. Leider zu spät! Wenn sie alle viel früher Frau Schulte geglaubt und intensiver nachgeforscht hätten, dann hätte man dieses Ausmaß der Katastrophe verhindern können. Ein Schuldeingeständnis, womit die Ermittler nur schwer leben konnten. Diese Vorstellung machte die Arbeit nicht einfacher, verlangte aber unbedingt noch gründlichere Aufklärungsarbeit und persönlichen Körpereinsatz rund um die Uhr.

»Scheiße, Scheiße, Scheiße, das ist alles ganz anders und doof gelaufen«, rief Olaf Bremicke, ein versierter Kollege der Mordkommission. Er schlug wütend mit der Faust auf seinen Schreibtisch: »Man glaubt im falschen Film zu sein. Da ist ein Täter, der aus dem Nichts auftaucht, Angst und Schrecken verbreitet, eine Entführung inszeniert, sich eine Tarnkappe aufsetzt, wie wild herum ballert, alle Spuren beseitigt, den ursprünglichen Zustand wieder herstellt so als wenn nichts gewesen wäre und lässt dann auch noch sein Opfer verschwinden, letzteres in Anwesenheit von Krümel, dem man so leicht kein X für ein U vormachen kann, und versucht so nebenbei noch die Kollegin zu erschießen. Das müsst ihr euch mal vorstellen. Das sind Szenen aus einem Horrorfilm aber nicht aus dem wahren Leben. Sven hätte den Täter doch sehen müssen, auf ihn wurde ja auch geschossen. Wie konnte die angebliche Leiche ungesehen aus dem Schlafzimmer wegtransportiert werden, hatte er nur noch Augen für die verletzte Brigitte? Dieses kann ich mir aber beim besten Willen nicht vorstellen.«

Die Beamten stürzten sich auf die bisherigen Ermittlungsergebnisse gingen die Eintragungen der Spurensicherung durch, sie ließen ganz besonders den gestrigen Einsatz Revue passieren. Der Täter musste mehrere Schüsse aus einer Pistole abgefeuert haben. Hülsen fand man komischerweise nur von Krümels Waffe und einige Projektile in den Wänden und Möbeln, aber von der Waffe des Täters, nicht eine einzige Hülse. Ein Projektil in der Wand, eins in der Tür und im Fensterrahmen waren ganz anders. Diese Geschosse stammten eindeutig von einer Beretta Luger Kaliber 9 mm. Das war das Einzige, was klar war, Fingerabdrücke und andere Beweismittel gab es leider nicht. Auch nicht warum der Täter eine Waffe besitzt, die am häufigsten bei der Polizei zum Einsatz kommt. War das jetzt nur ein dummer Zufall? Ist der Täter selbst ein Polizist oder will er gar der Polizei die Schüsse unterjubeln? Fragen über Fragen, die ganz laut nach Antworten riefen.

Während die Mädels und Jungs von der Mordkommission sich den Mund fusselig redeten, nach immer neuen Möglichkeiten und Motiven suchten, fuhr Sven Krümel zur Villa um den Hausherrn und die Tochter des Hauses zu befragen. Ihm wurde nicht geöffnet und selbst beim Gärtner blieb die Haustür geschlossen. Tatsächlich so, als wäre Frau Schulte in der Firma, die Tochter in der Schule, Herr Schulte auf einer Geschäftsreise und Gärtner und Zugehfrau in Freizeit. Der durch den gestrigen Vorfall äußerst ungehaltene Kommissar, verstand jetzt aber überhaupt keinen Spaß und zwang sich selbstkritisch zur Ruhe, sonst hätte er womöglich im Zorn die Türen eingetreten. Er kochte innerlich, sprang mit hochrotem Kopf in seinen Wagen und bretterte durchs erneut einsetzende Schneegestöber in Richtung Schiller-Gymnasium. Auch dort konnte man dem forsch auftretenden Kommissar keine befriedigende Antwort geben, da die Klassen der Oberstufe eine Städtereise gebucht hatten und erst in drei Tagen wieder aus Paris zurückkommen würden. Dass Katja nach der Entführung doch noch mitfliegen konnte, war von Lehrern und Schülern besonders freudig aufgenommen worden, und nur dem Zufall zu verdanken, dass sie erst um 18:00 Uhr mit dem Bus zum Flughafen gebracht wurden. Was sollte er jetzt machen, das Mädchen war zu dem Zeitpunkt des Geschehens nicht in der Villa und konnte deshalb auch keine Angaben machen. Punkt um, sollte er jetzt, nach all ihren ertragenen Aufregungen hinter Katja herfliegen, sie mit nach Deutschland nehmen und sagen, dass ihre Mutter eventuell erschossen und verschwunden ist? Was wäre, wenn nicht, und er auch nur getäuscht wurde? Nach all dem was sich in den letzten Wochen zugetragen hatte, wäre es tatsächlich möglich, dass die Leiche keine ist und sich plötzlich wieder gesund und munter zurück meldet. Aber warum die Schüsse auf Nägelchen und ihn? Erst musste er mit Herrn Schulte reden, wahrscheinlich war der mittlerweile auf den Weg nach Hause, irgendwann musste so eine Geschäftsreise auch mal zu Ende sein. Oder steckte er hinter diesem ganzen Spuk? Die häufige Abwesenheit war schon verdächtig und ein Motiv hatte er am ehesten, denn oft hört bei soviel Geld die Liebe auf. Auch diese vorherigen rätselhaften Geschichten, da kommt doch nur Jemand aus dem engsten Umfeld, der sich ganz genau in der Villa auskennt in Betracht, man kann doch sonst nicht einfach so da sein, um dann plötzlich wieder zu verschwinden! Krümel war gespannt, was seine Ermittler inzwischen in der Bertholdi KG herausgefunden hatten. Für ihn gab es jetzt nichts Wichtigeres als seine Kollegin im Krankenhaus zu besuchen. Mit einem riesigen Strauß rosaroten Rosen im Arm ging er gerührt an Brigittes Bett und freute sich dass sein Nägelchen ihn mit leuchtenden Augen anstrahlte.

»Da hast du aber Glück gehabt. Du glaubst nicht wie ich um dich gezittert habe. Werde bald wieder gesund, ich brauche dich doch. Weißt du, seit gestern kann ich keinen vernünftigen Gedanken fassen und bin so richtig ausgebrannt«, flüsterte er und streichelte sanft ihre Wange. Er legte den Strauß in ihre Arme, schaute wie ein schüchterner Schulbub und drückte seine Lippen ganz sanft auf ihre blasse Stirn.

»Oh wie schön«, hauchte sie entzückt und meinte nicht nur den Rosenstrauß.

»Das war aber ganz schön heftig und hätte auch anders ausgehen können. Ich frag mich die ganze Zeit wie ich da raus gekommen bin.«

»Du hattest einen guten Schutzengel«

»Und der Schutzengel warst du?«

»Ach Nägelchen ich musste dich doch aus der Schusslinie ziehen. Ich habe dich auf meinen Schoß genommen und bin mit dir auf meinem Hinterteil aus dem Zimmer gerutscht. Es war knapp!«

»Bist du denn nicht verletzt, mein Gott, auf dich wurde doch auch geschossen.«

»Ich bin unverletzt da heraus gekommen. Du, in dieser schlimmen Situation, habe ich erst gemerkt, wie sehr ich dich liebe.«

Brigitte richtete sich vor Freude hoch, jauchzte vor Glück und wollte ihren Sven strahlend umarmen aber höllische Schmerzen ließen sie sofort wieder rücklings ins Bett fallen.

»Aua«, kam wehleidig aus ihrem geöffneten Mund, den Sven liebend gerne mit seinen heißen Küssen bedeckte.

»Ach Sven ich bin so glücklich. Da musste ich erst fast totgeschossen werden, damit du mir endlich deine Liebe gestehst?«

»Ich weiß doch auch nicht, aber als ich dich so fest in meinen Armen hielt und um dein Leben kämpfte, da wusste ich, dass ich dich nie mehr loslassen wollte.«

Er setzte seinen Hundeblick auf, den sie so an ihn mochte, schaute schmunzelnd über seinen Brillenrand und verführte Nägelchen die Augen zu schließen und mit ihrem Kussmund auf seine Lippen zu warten.

»Ich werde den, der dir das angetan hat fassen, das verspreche ich dir! Auch werde ich mir mehr Zeit nehmen, um mit dir was zu unternehmen. Nur, jetzt nach Lage der Dinge, kommt einiges auf uns zu, da musst du etwas Geduld aufbringen, dieser Fall scheint unauflösbar zu sein. Stell dir vor, als die Kollegen sich Frau Schulte ansehen wollten, war sie verschwunden und ihr Bett frisch bezogen!«

»Die Frau Schulte war doch ganz sicher tot«, staunte Brigitte und wollte natürlich alles ganz genau erfahren. Schließlich war das auch ihr Fall, dumm genug, dass sie noch für ein paar Tage ans Bett gefesselt war.

»Ich werde die Leiche finden und wenn ich die ganze Villa auf den Kopf stellen und das Grundstück eigenhändig umgraben muss.«

Versteckte Talente

Sven Krümel konnte man, eigentlich, nicht so schnell aus der Ruhe bringen. Er war in äußerst kritischen Situationen unschlagbar, behielt stets einen kühlen Kopf und war den Anderen immer eine Nasenlänge voraus. Nicht umsonst hatte er sich trotz seines kleinen widersprüchlichen Familiennamens, in Kennerkreisen, einen ganz Großen gemacht. Etwas konnte er allerdings nicht ausstehen, er hasste es auf der Stelle zu treten. Deshalb ließ er die meisten seiner Jungs, mit dem richterlichen Durchsuchungsbeschluss in den Taschen, die leer stehende Villa gründlich unter die Lupe nehmen, nach der verschwundenen Frau Schulte suchen und eventuelle Geheimgänge aufzuspüren. Irgendwo musste die Geschäftsfrau versteckt worden und doch auch Hinweise für die vorhergegangenen Straftaten zu finden sein! Eine solche Anzahl von Verbrechen zu begehen, ohne nur die kleinste Spur zu hinterlassen war unmöglich, es sei denn, die Kripo hätte es mit einem Hexer zu tun. Kommissar Krümel hatte einfach keine Lust noch länger auf den geschäftstüchtigen Ehemann der Verschwundenen zu warten, er machte sich schon wegen seiner langen Abwesenheit und unbekümmerten Sorglosigkeit, höchst verdächtig. Nachweisbar hatte Frau Schulte nach dem Verschwinden ihrer Tochter mehrmals angerufen und ihn ausdrücklich gebeten so schnell wie möglich nach Hause zu kommen! Warum meldete er sich nicht? War die reiche Erbin des Familienvermögens für ihn nur eine Marionette und hatte er alle Fäden in der Hand? Selbst die vielen Befragungen, die seine Jungs in der Firma Bertholdi vor Ort sofort gemacht hatten, brachten nicht die erhofften Erkenntnisse, nur die Bestätigung dass Geschäftsführer Schulte ständig unterwegs sei und die Geschäfte hauptsächlich von seinem Betrieb in Hamburg regelte. Im Stammhaus hatte nämlich die Chefin das absolute Sagen und die Fähigkeiten, das Familienunternehmen an der kritischen Weltwirtschaftskrise erfolgreich vorbei zu führen und schwarze Zahlen zu schreiben. Kommissar Krümel wollte sich selbst ein Bild vom Schulte machen und einen Blick in die Bücher werfen, vielleicht fand er dann brauchbare Fakten! Kurz entschlossen schaute er in die momentan kleine Runde seiner Mitarbeiter und forderte seine jüngste Kollegin auf, mit zu kommen. Zu den restlichen Jungs meinte er: »Wir sind mal kurz in Hamburg und nehmen uns den Schulte vor! Wenn es Neuigkeiten gibt, ruft durch.«

Die blonde Kollegin, die noch nicht lange das Team unterstützte, nahm dieses Angebot natürlich freudig an und sah es als einmalige Chance die Karriereleiter schneller und höher zu erklimmen.

»Wie aufregend, meine Freude ist unbeschreiblich. Wir zusammen werden das Kind schon schaukeln«, sagte sie und hatte es sehr eilig in den Wagen ihres Chefs zu kommen, denn sie wollte unter keinen Umständen, dass er sich das eventuell noch anders überlegte, da war schnelles Handeln angesagt. Von Frankfurt bis nach Hamburg war kein Katzensprung, schon gar nicht, bei diesen winterlichen Temperaturen, dem anhaltenden Schneefall und den beschissenen Straßenverhältnissen. Diese weiße Winterlandschaft sah zwar wunderschön aus, die kannte Krümel höchstens von den Bergen und genoss sie auch beim Skilaufen im Winterurlaub aber jetzt brauchte er so ein Wetter nicht. Wenn er noch einiges in der Bertholdi KG in Hamburg erfahren und wieder nach Frankfurt zurück wollte, dann musste er Stoff geben. Aber wie sollte er, in diesen Baustellen, den unendlich vielen Staus und auf eisglatten Rutschbahnen schnell und womöglich sicher weiterkommen? Bei diesem Schneechaos wurden selbst einige Flüge gestrichen, es wäre sonst ja ein Leichtes gewesen, einen Flug von Frankfurt nach Hamburg zu buchen. Aber ohne seine eigenen vier Räder auf Verbrecherjagd zu gehen hatte auch keinen Taug. Sven Krümel nutzte den Vorteil seines Blaulichts, welches er nur im Notfall beim Einsatz und in größter Eile bediente. Gerade jetzt war es ein Notfall, denn er war im Einsatz und ganz bestimmt auch in größter Eile. Seiner Kollegin schien es in ihrer dicken Felljacke doch sehr heiß zu sein. Sie entledigte sich während der Fahrt von ihrem Winterpelz, knöpfte den Verschluss ihrer Bluse auf und verbreitete im Wagen einen süßlichen Duft der Krümel kribbelnd in die Nase stieg.

»Ach, was ist das eine tolle Fahrt«, lächelte sie mit fiebernden Wangen und rekelte sich genüsslich im bequemen Ledersitz.

»Hatschi, Hatschi«, prustete Krümel, nahm dankend das ihm gereichte Taschentuch, schniefte fest und sagte belehrend über seinen Brillenrand schauend: »Dies ist eine Dienstfahrt und ganz bestimmt kein Kegelausflug.«

»Ich müsste aber auf kleine Mädchen und könnte auch einen Kaffee gebrauchen.«

»Entschuldigung, da habe ich im Eifer des Gefechts nicht dran gedacht. An der nächsten Raststätte halten wir und machen eine kurze Pause.«

Während sich die junge Polizistin auf der Toilette etwas frisch machte, schlürfte Sven den heißen Kaffee und kaute genüsslich seine Currywurst.

»Och, jetzt ist dein Kaffee bestimmt schon kalt und sicher auch die Wurst.«

Der Kommissar schob ihr schnell einen Stuhl zurecht und nahm vom Nachbartisch deutlich ein lautes Pfeifen wahr, als seine blonde Kollegin sich setzte.

»Noch nichts Neues gehört?« fragte er schnell in Frankfurt nach und fuhr dann mit seiner neuen Hilfe weiter nach Hamburg.

Als sie endlich von Weitem schon das riesige, glänzende Gebäude aus Stahl und Glas der Firma Bertholdi erkannten und die imposante Toreinfahrt durchfuhren, fühlte sich der sichtlich ausgepauerte Krümel wieder frisch und fit und konnte nicht schnell genug in die Chefetage kommen.

»Kommissar Krümel und Kollegin Henrichs von der Kriminalpolizei, wir möchten Herrn Schulte sprechen.«

»Herr Schulte ist leider nicht mehr im Hause«, sagte seine überraschte Sekretärin, die noch viel mehr als Sonja Henrichs von ihrem Busen zeigte.

»Sagen sie, wann hat ihr Chef die Firma verlassen und wann und wo hat er seinen nächsten Termin?«

Frau Henrichs ging sehr geschickt vor, stellte alle wichtige Fragen, die der Kommissar selbst nicht besser hätte stellen können, und machte unaufgefordert gleich ihre Notizen.

»Wir müssen in das Büro ihres Chefs und auch in die Bücher schauen.«

»Kommen sie mit, aber ob das so richtig ist? Ich bin nur eine Vertretung, und weiß nicht, ob ich sie so mir nichts dir nichts ins Chefbüro und an die Unterlagen lassen darf, möchte aber auch nicht die Vorgesetzten bei der großen Konferenz stören.«

»Die weite Fahrt und das Schneechaos haben wir nicht in Kauf genommen, um unverrichteter Dinge umzukehren, es ist schon sehr wichtig dass sie uns helfen und genaueste Angaben machen. Ein kurzer Blick in den Computer genügt, wir könnten auch die Firma dicht machen und alles beschlagnahmen. Wäre ihnen das lieber?«

Die junge Kollegin war unglaublich couragiert, Krümel staunte nicht schlecht, welche Trümpfe sie aus den Ärmeln schüttelte und den Mund etwas voll nahm. Immerhin bewegten sie sich in einem fremden Revier und waren in Hamburg genau genommen auf Amtshilfe angewiesen. Aber, diese Frage schien zum Glück Keinen zu interessieren, bis ein Angestellter aufbrausend sich vor die Ermittler stellte: »Sie sind wohl verrückt ohne Absprache in unsere Bücher zu schauen. Haben sie überhaupt einen Durchsuchungsbefehl? Sonst schmeiß ich sie raus und zeige sie wegen Hausfriedensbruch an!«

»Wir kommen im Auftrag von Frau Schulte und haben ihre schriftliche Genehmigung. Sie bat uns hier nach dem Rechten zu schauen. Deshalb raten wir ihnen unbedingt unserer Bitte Folge zu leisten. Gerade jetzt, wo die Zeiten schlecht sind, will ja keiner so schnell seinen Arbeitsplatz verlieren«, stellte Frau Henrichs in den Raum, sie log dass sich die Balken bogen, wirkte aber sehr überzeugend, was dem staunenden Kommissar, sehr imponierte.

»Gut, dass wir hier wegen der Konferenz alleine sind. Bevor man mich feuert, sollte man erst Andere feuern, hier stinkt es im Hause, nach nicht wenigen faulen Eiern! Es wird Zeit, dass sich was ändert und Frau Schulte das Ruder herumreißt.«

»Das saugen sie sich jetzt nur aus den Fingern, sonst würden sie uns doch wenigstens einen Namen nennen. Wissen sie, solche Leute haben wir gerne, erst Alle in den Dreck ziehen und dann, wenn es heiß wird, den Schwanz einziehen. Ein Name reicht und sie beweisen uns, Ihre Loyalität. Es wäre ja furchtbar, wenn Frau Schulte Mitarbeiter hätte, die nicht ihren Rücken stärkten.«

»Ich mache hier die Arbeit, kloppe Überstunden und bekomme immer weniger Gehalt. Andere tun nichts, halten nur die Hand auf und kriegen es so ohne Leistung in den Arsch geschoben. Da mach ich nicht mehr mit. Sie können mir glauben, ich habe so einen Hals, und wollte schon längst Frau Schulte von den merkwürdigen Geschäftspraktiken ihres Mannes berichten«.

»Wer kriegt denn alles in den Arsch geschoben, sagen sie es uns, nur so kann man was dagegen unternehmen?«

Die Blonde verstand es den Angestellten so richtig wütend zu machen und ihm am Ende wichtige Informationen zu entlocken. Während seine neue Hilfe sich mit dem unzufriedenen und unverstandenen Angestellten unterhielt und nicht ganz übliche, aber doch sehr zufrieden stellende Arbeit ablieferte, fand Sven Krümel genügend Zeit sich von den Geschäftsunterlagen, einige Abzüge zu machen. Was für ein Glück, dass sie an diesem Tag nach Hamburg gefahren, gerade pünktlich zur Konferenz aufgetaucht sind, und nur deshalb die Möglichkeit hatten mit den frustrierten Angestellten zu sprechen. Das hätte ganz schön in die Hose gehen können! Ein Glück auch, so fand Krümel, dass er sich spontan für die unerfahrene Kollegin Sonja entschieden hatte. Die besaß ja versteckte Talente und eine ziemlich große Klappe! Ärgerlich war allerdings, dass sie Herrn Schulte auch in Hamburg nicht antreffen konnten. Angeblich war er am Vortag nach Frankfurt zu seiner Frau gefahren. Wenn das stimmt, dann war er aller Wahrscheinlichkeit nach, zur Tatzeit am Tatort und mit Sicherheit sehr verdächtig. Da Sven noch vor Ort die ihm komisch vorkommenden Geschäftsbilanzen gründlich überprüfen wollte und diese Arbeit einige Zeit kostete, zog er es vor zwei Hotelzimmer zu buchen, und erst am nächsten Morgen nach Frankfurt zurück zu fahren. Mit etwas Glück, hatte sich dann auch das Schneechaos gelegt und außerdem wäre er dann mit seinen Ermittlungen ein ganzes Stück weiter. Schließlich wollte er nicht mit leeren Händen ins Präsidium fahren und beweisen, dass der Schulte Dreck am Stecken hatte.

Ein Doppelleben

Wie abgemacht kam Sven Krümel morgens um 8:00 Uhr in den ansprechenden Frühstücksraum, wo Sonja bereits an dem bleu eingedeckten Tisch auf einen von den mit Hussen bezogenen Stühlen Platz genommen und auf ihren Chef gewartet hatte.

»Guten Morgen, hast du nach diesem langen Abend, denn wenigstens gut geschlafen?«

»Guten Morgen Chef, ja danke«, antwortete sie und nickte zufrieden, obwohl sie vor lauter Aufregung keine Ruhe fand. Das brauchte der Kommissar aber nicht zu erfahren.

»In diesem schönen Rahmen, muss uns das Frühstück ja richtig gut munden. Ich freue mich auf die knusprigen Brötchen und den guten Kaffee«, lachte sie ausgelassen und eilte zum Frühstücks-Buffet. Sven tat, was die meisten Gäste auch machten, nämlich hinter der jungen Polizistin herschauen. Dieses junge Ding, verstand es alle Blicke auf sich zu ziehen. Sie war nicht nur jung und hübsch, sie strahlte übers ganze Gesicht und wirkte wegen ihrer Leichtigkeit und den blonden, langen Haaren wie ein Sonnenstrahl, der durchs Fenster in den Frühstücksraum huschte.

»Wir frühstücken jetzt in aller Ruhe und gucken bevor wir abreisen, noch eben in Blankenese vorbei. Mir sind neben den enorm hohen Zahlungen nach Frankfurt, auch noch andere Überweisungen in regelmäßigen Abständen aufgefallen, die mich stutzig machen. Ich habe schon mit den Kollegen gesprochen, sie überprüfen die Konten in Frankfurt, hoffentlich haben sie damit mehr Erfolg als mit Schultes Villa. Leider haben wir doch noch keine Wetterveränderung, rechne mal damit, dass wir erst heute Abend spät Zuhause sind. Ich hoffe, dass dir das nichts ausmacht«, sagte Sven. Er pellte sich dabei gerade sein Frühstücksei.

»Mir macht das gar nichts aus und würde mit dir am liebsten um die ganze Welt fahren«, antwortete die Schöne und biss genüsslich in ihr Brötchen. Dieses Geständnis überraschte und ließ ihn das weich gekochte Ei aus seinen Händen gleiten. Sven fühlte sich geschmeichelt und war Manns genug noch mehr Komplimente von der jungen Polizistin heraus zu kitzeln.

»Ich bin für dich doch schon ein alter Knochen, was willst du denn damit?«

»Liebend gerne die Zähne an ihm ausbeißen und das immer wieder. Mich machen so Disco-Buben nicht an, aber so ein richtiger Mann wie du, der was darstellt und so erfolgreich ist, der hätte es bei mir schon einfach!«

Der Chef der Mordkommission hatte Mühe das Ei vom Tisch zu bekommen ohne hässliche Flecken auf der Decke zu hinterlassen und bemühte sich mit der Serviette die gelben Spuren zu beseitigen. Er nahm sich hierfür mehr Zeit und wollte dieses verführerische Angebot ganz langsam sacken lassen und alleine diese Vorstellung genießen. Natürlich würde er nie und nimmer das kleine Mädchen vernaschen, etliche Gründe sprachen dagegen aber alleine der Gedanke, konnte den Tag schon versüßen.

»Übrigens kann ich dir auch ein kleines Kompliment machen. Du hast mich gestern positiv überrascht. Anscheinend bist du bei allen Aussagen so couragiert und direkt. Du würdest besser fahren, wenn du dir erst überlegen würdest, was du so von dir gibst, das könnte nämlich zweifelsohne ganz schön gefährlich werden.«

Mit erhobenem Zeigefinger stellte er sich lachend vor Sonja und machte klar, dass es Zeit wurde, mit der Arbeit zu beginnen.

Es klappte genau wie es sich Sven Krümel vorgestellt hatte, nach dem Inhaber des stattlichen Kontos und seiner Adresse brauchte er nicht lange suchen. Er wollte wissen, warum der Besitzer G.L.Rosendeckel von der Bertholdi KG seit etlichen Jahren regelmäßig und zwar vierzehntäglich einen Betrag in Höhe von 8000,00 Euro auf sein Privatkonto erhielt. Die bei der Bertholdi KG gemachten Recherchen ergaben, dass dieser Name auf keiner Gehaltsliste stand, es auch nie Firmenaufträge gab und Rechnungen nicht vorlagen. Also, musste hier doch etwas faul sein. Es gab nirgends eine Firma, die sich alle vierzehn Tage ohne mit der Wimper zu zucken von einer so stolzen Summe trennen konnte. Der Kommissar fühlte sich sehr sicher, spürte dass hier etwas nicht stimmen konnte und glaubte schon eins von den faulen Eiern im Nest zu spüren. Was er hier in Blankenese erfahren konnte, hätte er allerdings nicht für möglich gehalten. G.L. waren die Anfangsbuchstaben für Gisela Luisa und die Vornamen einer Frau Rosendeckel, die in keinem Arbeits- und auch nicht im verwandtschaftlichen Verhältnis bei der Firma Bertholdi stand.Sie war aber, wie sie freiwillig zugab, mit Herrn Schulte liiert und das schon seit mehr als dreizehn Jahren. Die gestandene Frau hatte keine Berührungsängste, plauderte über ihr Verhältnis mit dem verheirateten Geschäftsmann aus Frankfurt so, als wäre nichts dabei.

»Wir sind fast ein ideales Ehepaar, haben zwei Kinder im Alter von sieben und vier Jahren und leben wie eine ganz normale, glückliche Familie. Er ist der Vater meiner Kinder, übrigens für sie ein ganz liebevoller Papa und verbringt die meiste seiner Freizeit mit ihnen. Er ist die ganze Woche über bei uns, wir können nicht klagen und wie sie sehen, geht es uns richtig gut.«

Mit flinken Fingern und roten Bäckchen notierte die blonde Sonja alles, was die Frau in einem Wortschwall von sich gab und hatte ein wenig Mühe mitzukommen.

»Das Geld sind dann wohl die Alimente für die Kinder und der Unterhalt für sie?«

»Natürlich, das Leben ist hier nicht billig, aber sehr schön!«

»Stört es sie nicht, dass dieses Geld von der Firma kommt, die der Frau ihres Geliebten gehört?«

»Nee, ganz bestimmt nicht. Der Betrieb hier in Hamburg wurde von meinem Lebensgefährten aufgebaut, er ist der Geschäftsführer und regelt alles, was gibt es sonst noch dazu zu sagen. Für uns ist das alles in bester Ordnung. Sie wollen mir doch nicht sagen, dass unser gemeinsames Glück unmoralisch ist?«

Sven Krümel hüstelte und schaute in die grauen Augen dieser eiskalten Frau:

»Stört sie etwa nicht, dass ihr Lebensgefährte ein Doppelleben führt und seine Frau nichts von seiner Verbindung mit ihnen ahnt und sie in der Annahme ist, dass er sich nur für die Firma krumm macht?«

Die Gefragte lachte laut, winkte mit der rechten Hand ab und sagte: »Die wenigsten Männer sprechen über ihre Verhältnisse, dann gibt es auch keinen Stress. Wir haben aber überhaupt kein Problem damit. Unsere Beziehung mag eventuell unmoralisch sein, ist aber keinesfalls langweilig und ganz sicher nicht verboten. Ich weiß nicht warum die Kripo ausgerechnet aus Frankfurt kommt und hier ermittelt, ich habe nichts zu verbergen. Haben sie denn Zuhause nicht genug zu tun und müssen hier in Hamburg ungelegte Eier suchen? Schade, dass mein Mann nicht Zuhause ist, der hätte sie ohne Durchsuchungsbeschluss gar nicht erst hereingelassen. Da hätten sie lieber ihre kleine Kollegin flachlegen sollen, der steht die Geilheit doch ins Gesicht geschrieben.«

»Das verbitten wir uns aber.«

»Entschuldigung, so wie die Kleine sie anhimmelt, ich meine nur, es ist doch schade um die Zeit, die sie hier totschlagen.«

»Wo ist Herr Schulte jetzt, können sie uns das sagen?«

»Na wo wohl, er hatte vorgestern etwas in Frankfurt zu erledigen und kommt auch erst nächsten Montag wieder zurück. Dass er sich dort so lange aufhält, ist aber nicht die Regel, eher mal eine Ausnahme, die ich als liebende Frau auch hinnehme.«

»Na gut Frau Rosendeckel, dann sagen sie uns bitte noch um wie viel Uhr er Hamburg verlassen hat?«

»Ich habe ihn höchstpersönlich zum Flieger um 12:45Uhr gebracht. War's das jetzt?«

»Ja danke, sie haben uns sehr geholfen.«

Sven platzte nach dieser Vorstellung fast der Kragen. Diese kalte Frau gefiel ihm nicht. Ein kalter Schauer lief ihm über den Rücken. Hatte sie ihren Geliebten etwa angestiftet, seine Ehefrau durch diese grausamen Horrorvorstellungen verrückt zu machen, damit sie weggesperrt und er über das Vermögen verfügen konnte? Frauen die bereit sind mit ihrem Lebensgefährten über so lange Zeit ein skrupelloses Doppelleben zu führen und so gefühlskalt sind, können das, sie sind nur berechnend! Sie sehen in den Männern ihr Werkzeug lassen nicht locker und geben nicht eher auf, bis sie ihr Ziel erreicht haben.

Sonja fühlte sich im Auto neben Sven wesentlich wohler als beim Verhör dieser schrecklichen Frau.

»Das war aber eine coole Frau, der ging alles am Arsch vorbei und kümmerte sich überhaupt nicht darum, was Frau Schulte fühlte! Ob die mit unserem Fall etwas zu tun hat?«

»Ich bin mir sicher, aber beweisen kann ich es nicht. Wir müssen erst die verschwundene Frau Schulte finden, auch der Entführung nachgehen und die Delikte in der Villa klären und dann erst, wenn wir was in den Händen haben, können wir was gegen die Frau unternehmen. Vorher sollten wir uns aber erst Herrn Schulte vorknöpfen. Das wird ein hartes Unterfangen, was nicht in ein paar Tagen gelöst sein wird. Wir sind aber schon auf einem guten Weg, da wir wissen, dass der Schulte ein Doppelleben führt. Vielleicht will er auch nur seine Frau aus dem Weg räumen. Ich glaube sogar, dass sie erschossen wurde, mal sehn, wir werden sie finden, wenn nicht heute, dann morgen, aber ganz bestimmt übermorgen. Ich bin gespannt, wem das Geld in Frankfurt überwiesen wurde. Dort haben wir auch bessere Karten, weil wir dann in eigenen Gefilden recherchieren.«

»Ach Sven, das ist alles so schön aufregend mit dir zu ermitteln und für mich natürlich Neuland. Ich hoffe, dass ich jetzt immer mit raus fahren darf? Du hast mir doch gesagt, dass ich gute Ermittlerarbeit leiste.«

»Meine Teamkollegin ist und bleibt ganz sicher Brigitte, ich werde dich bei weiteren Ermittlungen aber öfters einsetzen, das kann ich dir versprechen.«

Sonja nickte zufrieden und lächelte. »Es ist aber ganz toll mit dir.«

»Mir hat es auch Spaß gemacht und ganz unter uns und so nebenbei, andere Mütter haben auch schöne Töchter! Du solltest lernen best möglichst zu ermitteln und nicht den Männern die Köpfe verdrehen, das kannst du nämlich schon großartig, auf diesen Dienstreisen solltest du das lassen, das stört nur die Arbeit.«

Unvernunft

Für Brigitte Braunagel gab es nichts Schlimmeres als tatenlos im Bett zu liegen, während ihr Verein nach Antworten suchte, die dieser rätselhafte Fall stellte. Es war doch ihr Fall und Polizeiarbeit gehörte nicht nur zu ihrem Leben, sie lag ihr auch im Blut. Sie hielt es für ihre verdammte Pflicht, selbst nach dem Täter zu suchen und Sven Krümel zu unterstützen. Schließlich hatte er ihr Leben gerettet und seins dafür aufs Spiel gesetzt. Die resolute Kommissarin wollte diesen Täter selbst stellen, ihm gegenüber stehen und Erklärungen hören, warum er ihr das angetan hatte. Sie persönlich hatte ja noch Glück im Unglück und einen guten Schutzengel, der ihr sogar seine Liebe gestand. Trotz der Tatsache dass sie schon schrecklichere und grausamere Bilder bei ihren langjährigen Einsätzen zu sehen bekam, gingen ihr diese letzten Erlebnisse, nicht mehr aus dem Kopf. Sie wurde im Schlaf immer wieder von gellenden Schüssen, die in ihrem Körper schmerzhaft zerbarsten, aufgeschreckt. Nach diesen Alpträumen saß sie schweißgebadet ihre Wunden abtastend im Bett und grübelte bis es hell wurde. Solange sie im Bett lag und nichts unternahm, würde sie keine Ruhe finden, deshalb wollte sie unbedingt das Krankenhaus auf eigenem Wunsch verlassen. Ihre Verletzungen waren ja nicht so schlimm und zum Glück nur Streifschüsse, mit den Verbänden, Salben und etwas Geduld würden sie von alleine heilen. Gegen ihre Angstzustände, die sie sich als Polizistin nun gar nicht erlauben konnte, musste etwas getan werden, je eher, desto besser! Die beste Medizin hieß in diesem Fall, Arbeit, Arbeit, Arbeit!

Mit einem Taxi ließ sie sich zur Wohnung fahren, zog sich wegen ihrer linksseitigen Verletzungen etwas Bequemes an, legte den Arm in die Schlinge, schminkte sich die Krankenhausblässe aus dem Gesicht und fuhr mit ihrem PKW ins Präsidium. Sie freute sich schon auf die Reaktion ihrer überraschten Kollegen, aber am meisten auf ihren Sven. Der würde ihr sicher Vorwürfe wegen ihrer Unvernunft machen, aber auch froh sein sie zu sehen und wieder mit ihr im Team arbeiten zu können. Voller Tatendrang öffnete Brigitte die Tür zum Büro: »Hier bin ich wieder«, lachte sie und nahm mit Begeisterung auf, wie verdutzt sie angestarrt wurde.

»Ja geht es denn schon wieder?«

»Sag mal, musst du dich nicht noch schonen?«

»Wir freuen uns alle, dass es dir wieder gut geht!«

»Furchtbar, was dir passiert ist!«

Alle Jungs und Mädels stürzten auf sie zu, drückten und küssten sie und waren rein aus dem Häuschen. Nur Sven Krümel nicht.

»Hier trink dir erstmal einen Pott Kaffee und dann erzählst du uns wie du den schlimmen Abend erlebt hast. Lag die Frau Schulte tatsächlich, wie Sven sagte, tot im Bett?«

Brigitte pustete in ihren Kaffeepott und schaute in die Runde. Sven war nicht anwesend, das war ja nicht ungewöhnlich, aber wer war mit ihm unterwegs? Mit einem guten Gefühl im Bauch stellte sie fest, dass alle Plätze besetzt waren. Das änderte sich aber blitzartig, als ihr Blick auf den Arbeitsplatz von Sonja, die von ihr gehasste Barbie-Puppe, fiel. Sie fühlte wie ihr Herz sich verkrampfte, das Blut in ihren Adern pochte und ihr Gesicht sich hochrot verfärbte. Ihr Magen drehte sich, ihr wurde schwarz vor Augen und sie bekam ganz wackelige Knie. Wenn sie nicht schon Platz genommen hätte, wäre sie bestimmt auf den Boden geknallt. Zum Glück konnte sie dieses Unwohlsein vor den Kollegen verbergen, was mit Sicherheit nicht nur vom Kreislauf kam. Nach wenigen Minuten, als sie etwas Kaffee getrunken und sich erholt hatte, fragte sie fast belanglos: »Der Chef ist doch nicht mit unserem Küken unterwegs?«

»Doch, doch« meinte Olaf: »der ist mit ihr seit gestern in Hamburg, jetzt aber wieder auf der Rückreise. Wir sind gespannt, was sich dort ergeben hat.«

Brigitte war außer sich vor Zorn und hätte am liebsten laut losgeheult. Sie antwortete nur: »Ich auch.«

Sie tat, als wenn ihr Svens Dienstreise mit der blonden Plumpskuh nichts ausmachte. In Wirklichkeit war es für Brigitte das Allerschlimmste. Warum hatte sich Sven denn ausgerechnet diese blöde Tussi ausgesucht? Die schaffte es doch immer wieder sich an ihren Sven ranzumachen. Im letzten Jahr musste ausgerechnet der Chef ihren Schrank aufstellen, als wenn es keinen anderen Kollegen dafür gegeben hätte! Dann hatte dieses Miststück ihn noch mit Wein abgefüllt, nur damit er mit ihr die Nacht verbrachte. Nach all den langen Jahren gemeinsamer Arbeit, hatte er doch nie Zeit für seine rechte Hand. Wie oft hatte er seine engste Mitarbeiterin versetzt, von einer Nacht schon ganz zu schweigen. Aber dieses Püppchen brauchte anscheinend nur mit dem Popo zu wackeln, ihren Busen zu zeigen, mit den Wimpern zu klimpern und schon fühlte ihr Sven sich als Ken. Warum fuhr der Kerl denn überhaupt mit ihr nach Hamburg? Konnte er nicht einen Kollegen dort hinschicken? Aber nein, dann hätte er seine engste Mitarbeiterin, die er angeblich doch so liebte, noch einmal im Krankenhaus besuchen müssen und wäre nicht in den Genuss gekommen mit seiner süßen Barbie zu schlafen. Eine Frechheit überhaupt diese Schlampe als ihre Vertretung einzusetzen. Mit ihr war er jedenfalls noch nie über Nacht weggeblieben. So ein Mistkerl!

Diese Gedanken gingen Brigitte durch den Kopf und machten den viel zu frühen Einstieg in die Arbeitswelt, den sie sich ganz anders vorgestellt hatte, nicht leichter. Sie schaute zwar interessiert in ihre Unterlagen, konnte aber nicht einmal mehr die Zeilen lesen, die vor ihren Augen hin und her tanzten.

»Du bist so ruhig«, wunderten sich die Kollegen.

»Ach, ich brauche nur ein wenig Zeit um mich richtig einzuarbeiten«, antwortete sie und bedauerte ihre eigenmächtige Entlassung.

Kommissar Krümel atmete tief durch, er hatte es geschafft, bis nach Frankfurt waren es nur noch wenige Kilometer. Gott sei Dank, diese Fahrt war ätzend! Bei dem Wetter stundenlang auf der Autobahn zu fahren, immer rutschende Autos und die monotonen Bewegungen der Scheibenwischer vor Augen, strengten an und machten müde. Schnee so weit das Auge reichte und es wollte nicht aufhören zu schneien. Sven musste sich die Beine etwas vertreten und einen starken Kaffee trinken, bevor er von der Autobahn abfahren und sich in den Feierabendverkehr begeben wollte. Er gähnte, schüttelte sich und hielt an einer Raststätte an: »Scheißwetter, das hätte bei unserer Dienstfahrt ruhig besser sein können, dann wäre alles entspannter gewesen. Komm wir trinken uns mal ein Käffchen!«

»Oh ja Chef, dann geht es wieder besser«, freute sich Sonja, ihr waren zuletzt schon die Augen zugefallen. Diese Kaffeepause kam gerade richtig, was ein starker Kaffee und ein Stückchen Kuchen, nach so einer anstrengenden Fahrt bewirken konnte, war fast unglaublich. Sven fühlte sich wieder frisch und voll einsatzfähig. Wie gut, denn was er nach einigen Minuten kurz nach der Autobahnausfahrt, links neben einem Waldweg im Straßengraben erspähte, erforderte schon ein waches Auge. »Siehst du auch was ich sehe?« fragte er seine Begleiterin die sich sehr bemühte auch nur Irgendetwas durch das Schneetreiben zu erkennen.

»Da liegt, wenn mich nicht alles täuscht, ein PKW auf dem Dach. Die Räder drehen sich noch, der Unfall muss gerade passiert sein!«

Er fuhr langsam auf den eisglatten Waldweg um sicher an die Unfallstelle zu kommen.

»Du, ich biete dir bei unserem Einsatz alles inklusive«, meinte der Kommissar und wusste noch nicht dass er Action pur meinte.

»Wollen mal sehen, ob wir helfen können«, lachte die junge Polizistin. Beide rutschten durch den hohen Schnee, tasteten sich ans Auto, und schauten nach den Unfallopfern. Damit sie sofort erkennen konnten, was sich im Innenraum tat, leuchtete Sven diesen mit einer Taschenlampe aus. Das hätte er besser gelassen, denn was er und Sonja sehen mussten, war unbeschreiblich. Nur ein Wort, welches das Grauen erklärte, war ein: »Bah«, kam es gequält über seine Lippen.

»Hilfe, Hilfe, oh mein Gott«, kreischte die junge Frau gerade noch bevor sie ihr Kuchenstück in den Schnee spuckte. Kommissar Krümel forderte Verstärkung mit dem ganzen Programm.

»Was ist los«, fragte Brigitte, sie merkte sofort, dass Sven an Olafs Strippe hing. Der Kollege schien es sehr eilig zu haben, trommelte alle zusammen und sagte nur kurz: »Du bleibst besser hier.«

»Ja bist du verrückt, im Normalfall wäre ich auch an Svens Seite.«

»Das ist kein normaler Fall und du brauchst erst etwas Abstand.«

»Du hast wohl einen Knall, gut, dass ich dich nicht fragen muss, was ich mache und was nicht.« Brigitte Braunagel kümmerte sich nicht um die Kollegen, die ohne sie ausrückten. Kurz entschlossen stieg sie in ihren Wagen und wollte einfach hinterherfahren. So einfach wie sie es sich vorgestellt hatte, war diese Rutschpartie nicht. Man musste schon mit beiden Händen das Steuer lenken um einigermaßen die Spur zu halten. Dennoch bedeutete das für einen versierten Autofahrer eine Herausforderung, für eine emotionsgeladene Kommissarin mit einer Schulter und Armverletzung, ganz bestimmt halsbrecherische Unvernunft. Brigitte Braunagel legte keinen Wert auf das zeitgleiche Eintreffen mit ihren Kollegen, die sich mit Blaulicht und Martinshorn freien Weg verschafften und ihren Einsatz ganz bestimmt für hirnrissig hielten. Sie wollte Abstand halten, sich langsam an den Einsatzort heranpirschen und Sven mit ihrer Anwesenheit überraschen. Wenn ihr das schon im Büro verwehrt wurde, so sollte es jetzt doch möglich sein!

Sie schaffte es ihren Wagen kurz vor der Absperrung zu parken, an den Einsatzwagen und Einsatzkräften vorbei, in die Nähe des verunfallten Wagens zu kommen. Kollegen von der Spurensicherung, die sie erkannten und sehr überrascht waren, ließen sie natürlich durch und kümmerten sich ungerührt weiter um ihre Arbeit. Sie brauchte gar nicht weiter zu gehen, was sie aus der Ferne sah, konnte für sie aus der Nähe nicht grausamer sein. Im hellen Scheinwerferlicht erkannte sie ihren Sven, der die Barbie-Puppe eng umschlungen in seinen Armen hielt, ihr mit der rechten Hand übers Haar streichelte und seinen Mund nah an ihren führte. Er war mit dieser Liebkosung so sehr beschäftigt, dass er keine Augen für andere Personen hatte und seine plötzlich auftretende Mitarbeiterin nicht wahrnahm. Brigitte stapfte schweren Herzens durch das nasse Schneetreiben zurück. Es war ihr nicht nur hundeelend, auch bitterkalt, nur die vielen Tränen wärmten etwas ihr enttäuschtes Gesicht.

Unvorstellbar makaber

Kommissar Krümel führte sehr oft die Ermittlungen in schwierigen und aufreibenden Fällen, die schreckliche Gräueltaten auftischten und furchtbar entstellte Todesopfer offenbarten. Sie ließen erkennen, zu welchen scheußlichen Verbrechen Menschen überhaupt fähig sind. Was er jetzt aber zu sehen bekam, war neu, so bizarr und unvorstellbar. Als er den Innenraum des verunfallten Wagens ausleuchtete, um zu erkennen, was überhaupt passiert war, fiel sein Blick auf eine Person, die noch angeschnallt im Fahrersitz hing. Zwischen den Schultern aus einem klaffendem Loch schoss eine Blutfontaine. Bei diesem grauenvollen Anblick bekam selbst der hart gesottene Sven weiche Knie. Er brauchte auch etwas länger um zu kapieren, was Unvorstellbares hier passiert war. Der Fahrer des PKW ist also enthauptet noch Auto gefahren, ziemlich schnell sogar, sonst wäre er nicht vom Weg abgekommen, in den Graben gerutscht und hätte sich nicht noch dort überschlagen. Wie konnte so etwas geschehen? Der Mann war tot und sein abgetrennter Kopf lag blutend neben dem Fahrer auf dem Dachhimmel. Ungeheuerlich und so makaber! Kein Wunder, dass bei diesem Anblick die Nerven der jungen, unerfahrenen Polizistin durch gingen. Ihr erster Auftritt im Außendienst und dann gleich so eine Horrorvorstellung! Sven hatte für diese erschütterte und geschockte junge Frau vollstes Verständnis, er hielt es für seine Pflicht sie zu stützen und aufzubauen. Sie hatte bisher gute Dienste geleistet und würde selbst diese Hürde nehmen, auch wenn das nicht so einfach schien. Alle Einsatzkräfte waren entsetzt, so etwas war selbst ihnen noch nie untergekommen. Handelte es sich um einen Unfall? Wohl eher nicht. War es Selbstmord? Ganz ausgeschlossen. Dann konnte es nur ein Mord sein! Wer enthauptet sein Opfer am Steuer? Wie konnte ein Enthaupteter noch Auto fahren? Fragen über Fragen, die zu lösen, kaum vorstellbar waren. Die Kollegen von der Spurensicherung suchten und suchten, aber etwas Brauchbares war nicht zu finden. Es hatte keinen Kampf gegeben, Blutspuren ja, eine ganze Menge aber nur Blut vom Fahrer, selbst die Mordwaffe lag nicht im Wagen und wurde auch nicht im Wald oder auf der Straße gefunden. Mit was für einen Gegenstand der Fahrer geköpft wurde, ahnte man nicht, das musste erst die Gerichtsmedizin herausfinden und so manche Ungereimtheiten ganz bestimmt auch noch. Sonja Henrichs hatte sich etwas erholt, war nicht mehr auf Kommissar Krümels Hilfe angewiesen, steckte ihr Näschen in ihr Taschentuch und schnupperte nun von den Dufttröpfchen, die bei den Zusammenbrüchen stets hilfreich und gut waren. Der Kommissar streifte sich Gummihandschuhe über und schaute in die Ausweispapiere des Autohalters. Das Fahrzeug war nicht gestohlen, die Ausweispapiere in Ordnung. Was Sven aber sehr wunderte, dass der Fahrzeughalter, das geköpfte Opfer, Rudolf Schulte war.

»Es ist unglaublich, der Mann gibt uns nur Rätsel auf«, Kommissar Krümel reichte die Brieftasche dem Mädel von der Spurensicherung, nahm seine Brille und putzte sie blank.

»Es wartet viel Arbeit auf uns, wir müssen alles noch mal überdenken und brauchen Beweise und Spuren, damit wir was in den Händen haben. Es rappelt so langsam im Karton. Wo ist Frau Schulte, was ist mit der Tochter, wir können doch nicht zusehen, wie ein Verbrechen nach dem anderen geschieht. Was ist mit dem Gärtner, was mit der Putzfrau, ich bin auf eure Neuigkeiten gespannt! Morgen ist aber auch noch ein Tag. Jetzt fahr ich erstmal kurz ins Krankenhaus um zu sehen, wie es Nägelchen geht und dann haue ich mich aufs Ohr. Hamburg war anstrengend. Das blöde Fahren bei dem Wetter oh Mann.«

»Kann ich denn jetzt auch Feierabend machen?« wollte Sonja wissen.

»Natürlich, ich fahr dich eben nach Hause, das liegt ja auf dem Weg.«

Olaf wollte noch schnell seinem Chef sagen, dass Brigitte schon wieder ihren Dienst aufgenommen hatte. Bei den Aufregungen um den grausigen Fund, war er noch nicht dazu gekommen, was ihn jetzt allerdings etwas ärgerte, denn der Chef war schon verschwunden und ging auch nicht ans Telefon.

»Irgendwann muss auch mal Schluss sein, sonst habe ich nämlich nie Feierabend«, sagte er zu Sonja die auch ziemlich am Ende war.

»Nett, dass du mich heimfährst.«

»Das ist doch selbstverständlich. Es ist der gleiche Weg, als wenn ich Brigitte wegbringen würde, die wohnt hier ganz in der Nähe.« Die Blonde war in Gedanken schon in ihrem Bett und konnte das sich wiederholende Gähnen nicht unterdrücken.

»Guck mal Chef, jetzt sehe ich da vorne aber etwas, was kann das denn sein?«

Der Kommissar fuhr noch langsamer als langsam. Die Straßen waren leer, so konnte er anhalten, sein Fernlicht anmachen und sehen, was ein paar Meter vor ihnen auf der gegenüberliegenden Fahrbahn geschehen war.

»Da hat jemand sein Auto vor einen Baum gesetzt. Komm wir sind ja gleich da, vielleicht können wir noch helfen. Bei so einem Scheißwetter sollte man sein Auto auch in der Garage lassen.«

Als sie die Wagentür öffneten und die Verletzte erkannten, da waren sie nicht nur überrascht. Sven konnte nicht glauben, was er sah. Sein Nägelchen lag nach vorne gebeugt bewusstlos und mit blutenden Kopfverletzungen auf dem Lenkrad.

»Mein Gott Nägelchen, was ist geschehen und wie konnte das passieren?« stammelte er, fühlte ihren schwachen Puls, und rief sofort den Notarzt.

»Das darf doch jetzt nicht wahr sein!« schrie er fassungslos. Noch nie fühlte er sich so schrecklich hilflos.

»Das wird schon wieder«, entgegnete Sonja, die auch nicht wusste, wie sie ihren Chef beruhigen konnte: »Gut dass wir gerade hier vorbei gefahren sind und sie gefunden haben. Wer weiß, wann man sie sonst entdeckt hätte.«

Eine Verleumdung

Sven Krümel war in großer Sorge um sein geliebtes Nägelchen und sehr verärgert, als er erst am nächsten Tag von seinem Team erfuhr, dass seine engste Mitarbeiterin auf eigenen Wunsch das Krankenhaus verlassen und sofort zum Dienst angetreten war. Auch, dass sie ihren Arbeitsplatz nach Svens Durchruf verlassen und sich auf eigene Faust hinter die Einsatzfahrzeuge gehängt hatte, machte ihn stutzig. Warum machte sie so etwas? Weshalb wollte sie sich nicht ein paar Tage schonen und ihre Verletzungen auskurieren? Wieso setzte sie sich mit den körperlichen Einschränkungen in ihren Wagen und fuhr ausgerechnet bei Schnee und Glatteis los? Diese Frau konnte doch logisch denken und wusste allemal was für sie auf dem Spiel stand. Schon rein rechtlich durfte sie sich mit einer Armschlinge nicht hinters Steuer setzen. Was hatte sich die sonst so kluge und weitsichtig denkende Frau dabei gedacht? Sie war eindeutig fahruntauglich. Ein Disziplinarverfahren würde auf sie zukommen und den Führerschein war sie auch los, da ging leider kein Weg dran vorbei. Dieser Arbeitseifer hatte sich unter diesen Umständen sicher nicht gelohnt. Der schreckliche Autounfall hätte wirklich nicht sein brauchen. Nun war sie für noch längere Zeit ans Bett gefesselt, für wie lange, nicht absehbar, was war das alles furchtbar! Krümels Schädel rauchte, sein Hirn wurde von zu vielen, offenen Fragen zermartert und der Kopf hämmerte mit jedem Pulsschlag, so als wenn er jeden Moment platzen wollte. Da war auf der einen Seite dieser rätselhafte Fall, den er möglichst schnell lösen und vom Tisch haben wollte und auf der anderen Seite seine verunfallte Brigitte, für die er gerade seine Liebe entdeckt hatte und für die er jetzt nichts tun konnte. Ihm war augenblicklich alles unerklärlich. Das wurde nicht besser, als die Kollegin von der SPUSI ihm neben den neuesten Ergebnissen im Fall Schulte auch von Brigittes merkwürdigem Verhalten am Tatort berichtete.

»Natürlich war sie dort, hast du sie denn nicht gesehen oder gesprochen? Sie ist jedenfalls sehr früh wieder los gezogen. Der Anblick des Toten hat sie wohl zu sehr geschockt, jedenfalls habe ich sie in den vielen Jahren unserer gemeinsamen Arbeit noch nie so aufgelöst gesehen. Sie hat Rotz und Wasser geheult.«

»Wenn Brigitte den Toten gesehen hätte, dann müsste sie ganz in meiner Nähe gewesen sein. Das war sie auf keinen Fall, denn dann wäre sie mir doch aufgefallen.«

»Wäre sie das? Ich glaube nicht, du warst lange Zeit mit Sonja beschäftigt.«

»Was soll das denn heißen, hätte ich die Kollegin einfach in den Schnee fallen und sich selbst überlassen sollen?«

»Vielleicht hat sie deine Fürsorgepflicht für ganz was anderes angesehen, läuft da etwas mit euch?«

»Ach Quatsch.«

Sven war nach den Aussagen seiner Kollegen sichtlich irritiert. War an dieser Vermutung etwas dran. Hatte Brigitte ihn beobachtet und wirklich etwas falsch verstanden? Die Kollegen, die Brigittes Unfall aufgenommen hatten, machten deutlich, dass die verunfallte Fahrerin mit überhöhter Geschwindigkeit von ca.68 km/h auf schneeglatter Straße aus der Kurve direkt vor einen Baum geknallt und wegen der schlechten Wetterverhältnissen eine Selbstmordabsicht nicht ausgeschlossen sei.

»Niemals, niemals, die Kollegin steht mit beiden Beinen fest im Leben und hätte sich niemals selbst in so großer Gefahr gebracht. Sie liebt das Leben und ihren Beruf und hat so viele Wünsche für die Zukunft. Dafür kenne ich mein Nägelchen viel zu gut. Der Selbstmordversuch ist eine Verleumdung und diese Vorstellung total daneben«, Sven Krümel war außer sich, rannte mit hochrotem Kopf wie ein wilder Tiger im Käfig hin und her, brüllte auf Deubel komm raus, selbst seine Augen blitzten vor Zorn und hatten den Ausdruck eines gequälten Stieres.

»Ich fahre hinaus schaue mir noch einmal den Fundort des Enthaupteten und natürlich auch den Unfallort von Kollegin Braunagel an, vielleicht ist etwas übersehen worden. Der verdammte anhaltende Schneefall macht unsere Arbeit nicht leichter«, der Chef der Mordkommission musste raus, die kalte, klare Luft würde seinem Kopf gut tun: »Ich schaue dann auch nach Nägelchen, es könnte sein, dass sie bei Bewusstsein ist und eventuell schon eine Aussage zum Unfallhergang machen kann.«

Er forderte seine Jungs auf, mit einer Hundestaffel das Grundstück der Villa nach der verschwundenen Geschäftsfrau abzusuchen. Da sich auch die Tochter nach ihrer Klassenfahrt nicht gemeldet, sie seitdem nirgends wo gesehen wurde und auch nicht in die Schule gegangen war, kam schnell der Verdacht auf, dass beide tot seien. Aus dem Verschwinden der Gärtnerfamilie ergaben sich für die Ermittler auch gewisse Verdachtsmomente. Der Empfänger dieser horrenden Überweisungen musste ausfindig gemacht und auch die Hintergründe für die mysteriösen Spukvorstellungen erkannt werden. Kommissar Krümel brauchte dringend eindeutige Fakten, natürliche und typische Erklärungen, die Licht in diesen spektakulären Fall brachten und eine Pannenparade durch frustrierte Ermittler unbedingt ausschlossen.

Spürsinn

Es war wirklich zum Verrücktwerden, auch die Suche mit der Hundestaffel brachte nicht den erhofften Erfolg. Irgendwo mussten die leiblichen Überreste von Frau Schulte doch sein. Es war sowieso kaum zu glauben, dass die Leiche der Geschäftsfrau vor Krümels Augen in Minutenschnelle verschwunden und alle Beweismittel vernichtet waren. Eine Erfahrung, die den erfolgsverwöhnten Kommissar wurmte. Mit den Ergebnissen seiner Mannschaft war er nicht ganz zufrieden. Er war überzeugt, wenn die Verschwundene nicht im Garten vergraben wäre, mit Sicherheit in der Villa versteckt sei. Aller Wahrscheinlichkeit nach eher im Haus, als im Garten, und womöglich am ehesten in der oberen Etage. Nur so war das schnelle Verstecken überhaupt machbar. Sven erinnerte sich an den Fall Wiesner, wo er nach mühseliger Aufklärungsarbeit rein zufällig den Geheimgang in einem Bordell entdeckte, die belastenden Beweise fand und so den Fall abschließen konnte. So ein Glück könnte er, gerade jetzt in einer seiner schlechtesten Phasen, wo privat und beruflich alles am Arsch war, wieder gebrauchen. Er konnte nicht länger auf dem Stuhl sitzen, Akten wälzen, abwarten und nur überlegen, er musste handeln, und sein Glück herausfordern. Sven glaubte weder an Wunder noch an Hellseherei aber an sein Bauchgefühl und das sagte, schau noch einmal selbst nach. Kollegin Henrichs quiekte vor Freude, als ihr Chef sie aufforderte mitzukommen.

»Ich habe doch versprochen, dich öfters einzusetzen, los geht's«

»Wohin geht die Fahrt denn jetzt, etwa wieder nach Hamburg?«

Krümel druckste kopfschüttelnd herum und meinte nur: »Das wirst du schon sehen.«

Er wirkte sehr geheimnisvoll, gerade weil er wieder ein Lächeln auf den Lippen hatte und seine Augen vor Spürsinn funkelten. Die Fahrt war nicht weit, sie führte zur imposanten Villa, in der das Schrecken herrschte. Für den Kommissar war es ein Leichtes, Siegel und Tür zu öffnen. Er ging mit entsicherter Waffe und seiner staunenden Kollegin, über den roten Teppich die glänzende weiße Marmortreppe empor. Sven schluckte als er das Schlafzimmer betrat und spürte in der Brust eine ziemliche Enge. Vor seinen Augen sah er die tote Frau auf dem Bett in ihrem Blut liegen, sein Nägelchen auf das Bett zugehen, hörte die Schüsse und sah wie seine Liebste verletzt auf die Tote fiel, schrecklich. Er wischte sich über seine Augen, rückte die Brille zurecht und sagte: »Hier und nur in diesem Raum, muss es eine versteckte Tür zu einem Zimmer oder einen geheimen Gang geben. Die Schüsse kamen aus dieser Richtung, Nägelchen wurde doch links getroffen. Aber, dann kamen sie von hier.«

Die junge Polizistin fand diese Schlafzimmerbegehung mit ihrem Chef unheimlich spannend und furchtbar aufregend. Sie beobachtete ihn mit staunenden Augen und folgte ihm Schritt für Schritt, wie er geheimnisvoll, alle Läufer aufrollte, sämtliche Bilder verrückte und jeden Zentimeter an den Wänden abklopfte. Obwohl diese Arbeit im Vorfeld schon gemacht und auch sehr gründlich ausgeführt wurde, war Sven sicher, dass hier ganz gewiss, etwas übersehen wurde. Er hatte, als er seine niedergeschossene Brigitte auf dem Schoß hielt, draußen vor der Tür gesessen. Der Täter hätte mit dem Opfer aus der Tür an ihm vorbei gehen müssen, ist er aber nicht. Der Kommissar sah alles ganz genau vor Augen, auch während seines Telefonats, hatte er die Schlafzimmertür immer im Blick. Nur in der kurzen Zeit bis der Krankenwagen und seine Kollegen eintrafen, konnten nicht eine Leiche und sämtliche Spuren beseitigt werden. Das war nur möglich, wenn man eine Geheimtür öffnen und dahinter alles blitzschnell verschwinden lassen konnte. Der motivierte Kommissar ließ sich Zeit, versuchte logisch zu denken und die verschlüsselte Lösung zu finden. Das durfte doch nicht schwer sein, eine andere Möglichkeit gab es nicht. Kollegin Henrichs war von der Gründlichkeit und Beharrlichkeit ihres grübelnden Chefs sehr beeindruckt und von Sven Krümel, wie auch der tollen Ausstattung dieses Schlafzimmers, angetan.

»Oh, was hat der Spiegel einen schönen Rahmen«, flötete sie, stellte sich nah vor ihm auf, damit sie ihre makellose Pfirsichhaut im Spiegelbild bewundern konnte, glitt mit ihren rot lackierten Fingernägelchen über jede Verschnörkelung des goldenen Barockrahmens und rief entzückt aus: »So einen Spiegel muss ich auch haben!«

Sven, der sofort begriff, was nun passierte, eilte hocherfreut zu Sonja, nahm sie in die Arme und rief: »Du bist ein Prachtmädel, das hast du gut gemacht.

Weißt du was, so einen Spiegel schenke ich dir, den hast du dir verdient.« Erst jetzt, wo Kommissar Krümel so ausgelassen reagierte, merkte sie, was sie angestellt hatte. Gut, dass der Chef auf sein Bauchgefühl gehört und nicht so schnell aufgegeben hatte. Hinter dem Polsterbett tat sich ganz plötzlich etwas. Wie von Geisterhand schob sich pö a pö eine Wand zur Seite. Die beiden Ermittler hielten es vor Spannung nicht aus, sie reagierten blitzschnell und drängelten sich sofort durch eine schmale Öffnung, die den Weg in einen weiteren Raum ermöglichte.

»Ein kleiner Schritt für uns, aber ein ganz Großer für die Kriminalgeschichte.« sagte Sven, der seine ängstlich dreinschauende Kollegin mit einem Augenzwinkern aufmunterte. Was sie sahen, passte nicht wirklich zum komfortablen Einrichtungsstil der Villa und war sicher nicht von der Hausfrau ausgestattet worden. Diese dunkle Kammer war eigens dafür gemacht, Gegenstände, Masken und grauenvolle Kostüme darin unterzubringen um die reiche Geschäftsfrau damit in Todesangst zu versetzen und wieder unbemerkt verschwinden zu lassen. Dass man Frau Schulte um den Verstand bringen wollte lag auf der Hand. Diese Aktion war von langer Hand geplant und bis ins kleinste Detail ausgetüftelt. Wie krank musste so ein Mensch sein, der mit solchen Grausamkeiten agierte und wie berechnend seine Gier nach Geld und Macht? Wenn Kommissar Krümel nicht mit eigenen Augen diese Angstmacher gesehen hätte, dann hätte er das nie für möglich gehalten. Wut verdrängte das Entsetzen. Hier lagen die Beweise für die wochenlange, seelische Folter, die man der Frau angetan und ihr nie so richtig abgenommen hatte. Selbst die Schaufensterpuppe mit dem fehlenden Finger stand in einer Ecke. Also war die angebliche Entführung gelinkt. Die Ermittler fanden die blutgetränkte Bettwäsche und auch endlich die sterblichen Überreste der verschwundenen Frau Schulte. Die Ärmste wurde so kalt wie zu ihren Lebzeiten, auch im Tode behandelt und einfach entsorgt, die Leiche wurde in einer Kühltruhe abgelegt. Sven Krümel atmete tief durch. Er war heilfroh, dass er diese wahre Fundgrube für seine Jungs geöffnet hatte, sie sollten jetzt aber in die Puschen kommen und ihre Arbeit tun.

Blumen für die Mutter

Es war ein außergewöhnlich kalter Morgen. Ein Morgen, der das Aufstehen aus dem warmen Bett nicht einfacher machte. Ein Blick aus dem Fenster genügte, um den Tagesplan umzuschmeißen. Es schneite und schneite. Eiskalt pfiff der Wind sein raues Klagelied und wehte mit unbändiger Kraft die dicke weiße Schneedecke von den gefrorenen Ästen. Gespenstisch war das Spiel der Natur. Es zeigte das schnelle Sterben, und spielte die Melodie vom Tod.

Wer nicht dringend sein Fahrzeug benötigte um zum Arbeitsplatz zu kommen, sollte Busse und Bahnen benutzen und Verspätungen als kleineres Übel in Kauf nehmen. Der Winterdienst war den Schneemassen nicht gewachsen und sowieso schon rund um die Uhr im Einsatz. Dieses Wetter war ein so genanntes Scheißwetter und der Tag ein ganz Beschissener!

Die Pforten des Sankt-Vinzenz-Krankenhauses hatten sich gerade geöffnet, die Blumenfrau packte ganz in Ruhe ihre Blumen in die mit Wasser gefüllten Eimer. Sie hatte nur die Hälfte mitgebracht, da sie ahnte, dass bei diesem Wetter Krankenbesuche weniger gemacht würden und sich geringeren Umsatz ausrechnete. Dass schon vor ihrer eigentlichen Geschäftszeit eine junge Frau einen Blumenstrauß kaufen wollte, wunderte sie, freute sich aber doch, denn Geschäft war Geschäft.

»Was darf ich ihnen zusammen binden?«

Die junge Frau hielt ihr einen Zehner entgegen und sagte: »Egal, machen sie mal, aber bitte nicht höher im Preis und ohne Papier.«

Dabei schaute sie in die Richtung eines jungen Mannes, welcher an der Information nach Station und Zimmernummer gefragt hatte.

»Wir besuchen unsere Mama«, lachte die Blumenkundin.

»Da wird ihre Mama aber staunen, dass sie ihr selbst bei diesem Wetter, einen Besuch machen und ganz bestimmt nicht mit Vorwürfen sparen, denn das Wetter ist ja wirklich eine Katastrophe.«

Der junge Mann griff seiner Begleitung untern Arm: »Komm wir müssen.«

Die Floristin schaute dem jungen Pärchen nach. Die Beiden hatten es sehr eilig in den Aufzug zu kommen. Dass die Zwei Mützen und ihre Kragen hochgestellt trugen, wunderte sie nicht im Geringsten, bei diesem Sauwetter war das ganz normal.

»Sie haben etwas verloren« rief sie ihnen nach. Die Besucher die mit dem Blumenstrauß und einer Flasche Saft nach oben fuhren, hatten von dem Verlust eines Kugelschreibers nichts gemerkt. Sie gingen ganz ruhig und unauffällig mit ihren Mitbringseln am Schwesternzimmer vorbei, nahmen ungerührt Ärzte und Schwestern wahr, die sich mit ihrem Wägelchen vor den Zimmern am hinteren Gang auf die Visite vorbereiteten, direkt in das Zimmer von Kommissarin Braunagel. Als sie aber im Krankenzimmer waren, ging alles blitzschnell. Die Kranke lag auf der rechten Seite mit Blick zum Fenster, da sie noch immer Schmerzen in ihrer linken Schulter spürte, endlich ihren Rücken krumm machen und etwas schlafen wollte. Sie merkte nicht was sich in dem Zimmer tat. Der junge Mann schlich sich an ihr Bett, nahm die Flasche in seiner Rechten, holte weit aus und schlug blitzschnell auf den Kopf der ohnehin schon Verletzten. Er ließ die zerbrochene Flasche in die Kissen fallen, zog seine Freundin, die vor Schrecken beide Hände vors Gesicht hielt, zum Ausgang und warf den Blumenstrauß beim Rausgehen achtlos aufs Krankenbett. Die jungen Leute schlossen die Tür hinter sich, gingen freundlich schauend und cool zum Fahrstuhl, der sie ins Erdgeschoss fuhr. Der Blumenverkäuferin sollte dieser ungewöhnlich kurze Besuch nicht auffallen, deshalb wählten sie einen Seitenausgang und gingen, so als ob nichts gewesen wäre, zum Parkplatz.

Die gute Nachricht, dass sein Nägelchen in der Frühe um 7:30 Uhr wieder ihr Bewusstsein erlangt hatte, ließ Sven Krümel den kalten ungemütlichen Morgen viel freundlicher und in einem ganz anderen Licht erscheinen. Er war überglücklich, endlich konnte er mit seiner Liebsten sprechen und etwas ganz Wichtiges klarstellen. So machte er sich vor Dienstbeginn auf den Weg zu seinem Schatz. Glatteis und starker Schneefall konnte diesen entschlossenen Mann von seinem Weg bestimmt nicht abhalten. Er war angenehm überrascht, dass der Blumenladen schon um 9:00 Uhr geöffnet war.

»Schön, dass sie aufhaben.«

»Ja, das ist aber nur eine Ausnahme. Ich bin heute so früh los, weil ich Angst vor noch mehr Schnee hatte und nicht im Stau stecken bleiben wollte. Aber ich hatte Glück und wie ich sehe schon ein gutes Geschäft. Was kann ich für sie tun?«

»Ich brauche dicke langstielige Rosen und wenn es geht, dunkelrote.«

»Oh, ich habe hier wunderschöne, da wird sich die Dame ihres Herzens aber freuen. Wie viele dürfen es denn sein?«

»Geben sie mir einfach alle, ich bin unendlich glücklich und will die Blumen für mich sprechen lassen«, lachte der Kommissar. Sein Glück war ihm anzusehen, das fand auch die Floristin. Mit den prachtvollen Rosen unter dem Arm und einem zufriedenen Lächeln auf den Lippen, stieg er in den Fahrstuhl, der ihn bis zum 4.Stock brachte. Das Ärzteteam ging gerade ins Nebenzimmer zur Visite, als Sven Krümel, verlegen wie ein Schulbub mit klopfendem Herzen, die Tür von Brigittes Zimmer öffnete: »Nägelchen hier kommt«...die Worte blieben ihm im Halse stecken.

»Was ist passiert, Nägelchen, oh, das darf doch nicht wahr sein.«

Er hatte sich so auf diesen Moment gefreut und vorgestellt wie sehr sich Brigitte über seine Rosen freute, aber dass er die Ärmste blutig zusammen geschlagen in ihrem Bett finden würde, das hätte er nie und nimmer gedacht. Dieses Unfassbare zog ihm fast die Schuhe aus. Er rannte wutgeladen mit weichen Knien ins Nebenzimmer, alarmierte die Ärzte, die auch entsetzt waren und sich sofort um die Überfallene kümmerten. Wie alle erfahrenen Polizisten hatte natürlich auch Kommissar Krümel Distanzverhalten trainiert, aber jetzt dieser Überfall auf Brigitte, war etwas ganz anderes und nicht so einfach wegzustecken. Dieser Vorfall traf ihn mitten ins Herz. Er nahm seine Brille von der Nase und wischte sich mit einem Taschentuch die Tränen aus den Augen, bevor er nach Männerart, mit Ohren betäubenden Lärm ins Tuch schnäuzte. Er legte die Flaschenreste zur Seite, forderte unverzüglich die SPUSI an und hauchte ein zartes Küsschen seiner Brigitte auf die Stirn, bevor sie für weitere Untersuchungen aus dem Zimmer gefahren wurde.

»Wie konnte das nur passieren, kann denn Jeder hier so unbemerkt hereinkommen und Patienten die Köpfe einschlagen?« knurrte der Kommissar. Er wusste, dass diese Fragestellung nichts brachte, eigentlich hatte er die Frage sich selbst gestellt und erwartete auch keine Antwort darauf. Er fragte den Arzt, wie es um Frau Braunagels Gesundheitszustand bestellt sei, was man jetzt mit ihr macht und ob sie Chancen hätte auch wieder richtig gesund zu werden. Natürlich wusste auch der Doktor keine richtige Antwort und vertröstete den aufgewühlten Ermittler, dass sie erst untersucht, eventuell auch operiert werden müsse und man dann erst Genaues sagen könne. Das würde aber eine Weile dauern, genau wie die Aufklärung dieses eher ungewöhnlichen Falles. Als die Spurensicherung mit ihrer Arbeit im Krankenzimmer begonnen hatte, wollte Sven Krümel zunächst mit der Blumenfrau sprechen.

»Na, haben sie etwas an den Rosen auszusetzen?« sie wunderte sich über den versteinerten Gesichtsausdruck ihres Kunden, der vor wenigen Minuten noch vor Glück die Sterne vom Himmel holen wollte.

»Kommissar Krümel von der Mordkommission. Haben sie heute schon vor mir, einen bunten Blumenstrauß verkauft?«

»Ja, ich weiß, dass ich mich nicht an die Geschäftszeiten gehalten habe. Dafür gab es einen Grund, den habe ich ihnen schon geschildert. Da ich nun schon hier war, habe ich aufgemacht. Aber, warum fragt die Mordkommission und nicht das Gewerbeaufsichtsamt?«

»Ich will nur wissen, wann sie den Strauß und an wen sie ihn verkauft haben.«

»Es war ein ganz reizendes junges Mädchen. Es wollte ihre Mutter besuchen und war kurz nach 8:00 Uhr bei mir.«

»Ein Mädchen?« fragte Krümel sehr verwundert.

»Sie war in Begleitung eines jungen Mannes.«

»Wie sahen die Beiden aus und ist ihnen etwas an ihrem Verhalten aufgefallen?«

»Ein nettes Pärchen, sonst nichts. Ich finde es schon bemerkenswert, wenn so junge Leute sich um die Mutter sorgen und in aller Herrgottsfrüh bei so einem Schneechaos aufbrechen, um die Mama zu besuchen. Ja wer macht das denn noch heutzutage.«

»Wie alt waren sie in etwa, waren sie groß oder klein, dick oder dünn, was für eine Haarfarbe oder Bekleidung hatten sie?«

»Warum wollen sie das denn wissen? Die haben doch nichts angestellt? Die junge Frau hatte lange blonde Haare, so zum Pferdeschwanz gebunden, der guckte nämlich unter der braunen Fellmütze heraus. Warten sie mal, beim Bezahlen ist mir ein großer Ring aufgefallen, den sie am Mittelfinger über einen Handschuh trug.«

»War das vielleicht ein Opal, so weiß - bleu - changiert?«

»Genau, so sah der aus, übrigens hat der junge Mann einen Kuli verloren. Hier, ich hatte gerufen, aber sie haben es nicht gehört, leider habe ich die Beiden auch nicht mehr gesehen.«

Kommissar Krümel nahm den Kugelschreiber und fragte weiter: »Könnten sie mir das Pärchen beschreiben?«

»Ich weiß nicht genau, aber so in etwa, glaube ich schon.«

»Dann kommen sie bitte mit ins Präsidium, wir müssen ein Protokoll anfertigen und ihnen ein paar Bilder vorlegen. Eventuell muss der Erkennungsdienst nach ihren Angaben ein Phantombild erstellen.«

Ein folgenschwerer Fehler

Das gesamte Team der Kriminalpolizei glaubte nicht, dass ein Mensch in ein paar Tagen soviel Pech haben konnte. Zuerst die Schießerei, dann der verheerende Autounfall und nun dieser brutale Überfall! Schrecklich diese grauenvollen Verbrechen in Serie, hatten die miteinander zu tun und waren sie geplant? Denn, dass der Autounfall kein Selbstmordversuch war, dafür legte der Chef seine Hand ins Feuer. Er machte ihren schlechten Gesundheitszustand und die katastrophalen Wetterbedingungen dafür verantwortlich und hielt einen Selbstmordversuch für ausgeschlossen. Jetzt, nach diesem mordsmiserablen Vorfall, der unmissverständlich zeigte, dass man Nägelchen umbringen wollte, da war er sich sicher, seine Brigitte musste wohl verfolgt und mutwillig von der Straße gedrängt worden sein. Er nahm an, dass dies nur möglich war, weil sie durch ihre Verletzungen eingeschränkt, sich nicht verteidigen und deshalb nicht die Spur halten konnte. War ihm etwa ein folgenschwerer Ermittlungsfehler unterlaufen? Ein kalter Schauer lief ihm über den Rücken, nein, das war nicht voraussehbar, Keiner konnte diese Tragödie erahnen und leider nichts dagegen unternehmen, auch er nicht, denn Spuren gab es am Unfallort leider nicht. Wenn er das geahnt und seine Brigitte sofort nach dem Unfall unter Polizeischutz gestellt hätte, dann wäre der erneute Mordversuch nicht passiert. Obwohl ihn keine Schuld traf, machte er sich riesige Vorwürfe, die heftig an seinen Nerven nagten. Natürlich erhielt ab sofort seine liebste Kollegin Personenschutz, denn dieser brutale Anschlag sollte sich niemals wiederholen.

Warum Brigitte Braunagel, weshalb wollte man gerade sie umbringen? Alle Kollegen waren nach dem schrecklichen Ereignis traurig, ratlos und tief betroffen. Auch wenn ihre Gedanken fast nur bei Brigitte waren, oder auch gerade weil sie nur an ihre Kollegin dachten, suchten sie nach dem Warum und wollten so schnell wie möglich Klarheit und den Täter zur Strecke bringen. Hatten diese Mordanschläge auf Kommissarin Braunagel überhaupt mit dem Fall Schulte zu tun? Fragen die unter den Nägeln brannten und nach Antworten suchten. Zum Glück konnten mit Krümels Hilfe einige Spuren im Fall Schulte gesichert werden und von dem Überfall im Krankenhaus lagen erstaunliche Erkenntnisse vor. Ganz gravierend war die Tatsache, dass auf dem Kugelschreiber Fingerabdrücke waren, die auch in Schultes Villa gefunden wurden. Fakt, dass der brutale Schläger auch als Geist tätig war. Man fand ausschließlich seine Fingerabdrücke an Masken und Horrorfiguren. Die Eistruhe worin man die sterblichen Überreste von Frau Schulte fand, war übersät mit Fingerabdrücken, die man nicht zuordnen konnte. An der Schaufensterpuppe hafteten identische Prints des Verdächtigen. In der Villa wurden Fußabdrücke von Sportschuhen mit starkem Profil in Größe 47 aufgenommen, die mit den Schuhen des Enthaupteten übereinstimmten. Die Ergebnisse der Obduktion lagen noch nicht vor, da der Leichnam der Frau Schulte sich wegen der Auftauzeit verzögerte. An den Hals- und Kopfwunden des Enthaupteten wurden winzige Metallfäden gefunden, die keiner Waffe zugeordnet werden konnten. Im Krankenzimmer von Brigitte Braunagel wurden die Abdrücke eines Damenschuhs in Größe 37 festgehalten, die in der Villa nicht auffällig waren. Die Floristin erkannte, auf dem von den Ermittlern gezeigten Foto, ganz sicher ihre junge Blumenkundin und machte präzise Angaben über das Aussehen des Hauptverdächtigen. Daraufhin konnte ein Phantombild erstellt werden, welches mit dem Foto von Katja Schulte zur Fahndung ausgeschrieben wurde. So sah es aus, das war der Stand der Dinge.

Es gab keine weiteren Spuren am Fundort des Enthaupteten. Klar war, dass er ermordet wurde. Wie es möglich war, dass er ohne Kopf fahren konnte, war für Alle ein Rätsel. Man war sich sicher, dass der Ermordete von dem geheimen Versteck gewusst hatte, dort ein und ausgegangen und an dem Spuk beteiligt war, um seine Frau zu verwirren, damit er das Vermögen verwalten konnte. Der Schläger war aller Wahrscheinlichkeit nach sein Handlanger. Hatte er etwa den Schulte geköpft? Fest stand, dass dieser Typ die Entführung inszeniert und die Tochter in der Folterkammer versteckt hatte. Komischerweise fand man keine Fingerabdrücke von der Tochter. Das war ungewöhnlich, denn sie hatte zwei Tage und drei Nächte darin verbracht. Wusste sie von dem Tod ihrer Mutter und kam sie als ihre Mörderin in Frage? Hatte sie mit ihrem Freund die Schießerei begangen, oder war nur der junge Mann der Täter? Weshalb hat sie sich nicht mehr gemeldet und war der Schule ferngeblieben? Wollte sie an das Vermögen und mit ihrem Freund abhauen? Wer war ihr Freund? Hatte er Brigitte Braunagel im Straßenverkehr attackiert? War Katja Schulte auch dabei? Weshalb der sinnlose Überfall im Krankenhaus? Wo war die Gärtner Familie, wo die Haushaltshilfe? Wer war der Empfänger der regelmäßigen Überweisungen und was für eine Rolle spielte die Geliebte in Hamburg. Und dann war da noch die große Frage, warum gerade Brigitte Braunagel das Opfer dieser brutalen Verbrecher wurde!

Das gesamte Ermittlerteam nahm mit vereinten Kräften den Kampf gegen diese grauenvollen Verbrechen auf, die so furchtbar und rätselhaft waren, wie kaum ein anderes in der Kriminalgeschichte. Sie redeten sich die Köpfe heiß, versuchten aus dem Wirrwarr belastendes Material herauszufinden, es wie bei einem Puzzle zu einem Ganzen zusammenzusetzen und so die Täter zu entlarven. Eine verdammt schwierige Aufgabe, die viel Zeit, Kraft und Spürsinn erforderte. Was sie nicht hatten war Zeit, jeder Tag zählte, denn mit jedem neuen Tag, entdeckten sie neue Verbrechen, Eins schlimmer als das Andere. Hier musste so schnell wie möglich ein Riegel vorgeschoben und der Täter gefasst werden. War es nur ein Täter oder kamen für diese Gräueltaten in verschiedenen Richtungen Mehrere in Betracht? Es war so Vieles unklar, besonders im Fall des Enthaupteten zeigte sich abnormes Verhalten. Das Verhalten des Täters musste gedeutet werden, denn jedes Täterverhalten, spiegelte die Persönlichkeit des Täters. Es musste ein Täterprofil erstellt werden, um alle Zweifel auszuschalten damit man schnellstmöglich den Fall aufklären konnte. Da war Dr. Arthur B. Huber, Arzt für Nervenheilkunde, Psychologie, Soziologie und Kriminologie, wahrlich die erste Adresse. Er hatte sich bei der Aufklärung von vielen, schrecklich bizarren Tötungsdelikten bestens bewährt und unter den Kriminalpsychologen einen großen Namen gemacht. Auch in diesem neuen Fall bemühte sich das Team der Mordkommission um die Mitarbeit der Koryphäe Dr. Huber.

Ein grauenvoller Tag

Auch an diesem neuen Morgen, schien es nicht hell zu werden. Der dunkle Himmel war mit noch düsteren Wolken verhangen. Dicke Schneeflocken schwebten in ziemlicher Gleichmäßigkeit durch die Luft und erweckten den Eindruck durch mehrere Vorhänge schauen zu müssen, wenn man nur einige Meter weit sehen wollte. Der Wind hatte sein trauriges Lied noch nicht ausgeheult und fegte mit großer Intensität den Schnee von den Bäumen. Dieser lang anhaltende Schneefall war außergewöhnlich, gerade in dieser Region, genau wie die frostigen Minustemperaturen! Das Winterwetter mit den Schneemassen erfreute nur die Kindergarten und Schulkinder. Diese Einrichtungen überließen den Eltern die Wahl, ob sie ihre Sprösslinge bei dem Schneechaos die Dienste in Anspruch nehmen wollten. Die überwiegende Bevölkerung litt unter dem nicht enden wollenden Wintereinbuch, der einer Katastrophe glich und viele Probleme mit sich brachte.

Sven Krümel hatte sich für diesen Tag wieder viel vorgenommen. Bevor er an weitere Aufklärungsarbeit ging, wollte er natürlich erst nach seinem Nägelchen sehen und die Ärzte fragen, wie es ihr ging, was genau ihre Verletzungen waren und wie man diese heilen konnte. Er hatte sich mit der Mutter seiner liebsten Kollegin, die in größter Sorge aus Freiburg angereist war, verabredet. Sie hatte sich nach dem Anruf des Kommissars in der Wohnung ihrer Tochter einquartiert und wollte erst abreisen, wenn sich Brigitte nach diesem schlimmen Überfall erholt hatte. Der Chef der Mordkommission machte den kleinen Umweg und holte die aufgewühlte Frau ab.

»Krümel mein Name, guten Morgen Frau Braunagel.«

»Ach, sie sind der Chef meiner Tochter? Sie habe ich mir

aber ganz anders vorgestellt«, sie reichte dem Kommissar die Hand.

»Tut mir leid, wenn sie enttäuscht sind.«

»Nein, nein, so auch wieder nicht, danke dass sie mich mitnehmen.«

»Ich wollte doch sowieso ihre Tochter besuchen, dann brauchen sie bei diesem Wetter nicht so lange auf einen Bus zu warten und um ein Taxi zu bekommen, müssen sie noch mehr Zeit aufbringen.«

»Wie geht es Brigitte denn, sie wird doch wieder gesund?«

»Ich hoffe doch, weiß aber noch nicht mehr als sie, die Ärzte werden es uns gleich sagen.«

»Warum hat man meinem Mädel das angetan, warum gerade sie? Ich habe ihr immer von dem Polizeiberuf abgeraten, aber nein, sie musste ja ihren Kopf durchsetzen. Mich macht die Polizeiarbeit glücklich, sagte sie, mir passiert schon nichts. Schließlich habe ich ja den allerbesten Kommissar an meiner Seite.«

Mit zittriger Stimme kamen diese Sätze über ihre Lippen, sie verstummte und weinte bitterlich. Sven wurde es flau in der Magengegend, es war schwer für ihn seine Tränen zu unterdrücken, denn was mit Nägelchen passiert war, ging auch ihm unter die Haut.

»Beruhigen sie sich etwas, wir sind gleich da und wollen doch nicht, dass ihre Tochter sieht dass sie so weinen. Wir sollten ihr mit unserem Besuch Freude und Mut machen.«

»Ja, sie haben Recht, ich muss aber vorher noch Blumen besorgen.«

»Das können sie später, wahrscheinlich liegt sie noch auf der Intensiv-Station. Wir wollen erst schauen, wie es ihr geht.«

»Wie so schlimm ist es mit ihr, das haben sie mir am Telefon gar nicht gesagt?«

»Ich wollte sie nicht noch mehr aufregen, warten wir erstmal ab, vielleicht sitzt sie, wenn wir kommen, lachend im Bett.«

Das hätte sich der Kommissar wohl gewünscht, aber sein Verstand sagte, dass es so nicht sein konnte. Wie befürchtet lag die schwer verletzte Kommissarin auf der Intensivstation noch immer bewusstlos, mit Kopfverband und mit Schläuchen an Maschinen verbunden, kreidebleich im Bett. In beiden Augenpaaren die mitfühlend in das ausdruckslose Gesicht von Brigitte schauten, waren Angst, Fassungs- und Ratlosigkeit zu lesen.

»Kind, oh mein Kind was machst du denn bloß für Geschichten«, weinte die Mutter, streichelte die bewegungslose Hand ihrer Tochter und bedeckte ihr Gesicht mit Küssen. Sven Krümel war nicht fähig etwas zu sagen. Er streichelte seinem Nägelchen die Wange und hauchte einen Kuss auf ihren Kopfverband.

»Halt durch und gib nicht auf.«

Der Kommissar fasste Frau Braunagel am Arm und sagte: »Ich gehe jetzt ins Büro des Professors und frage, was mit ihrer Tochter ist. Ich will alles genau wissen und brauche die Diagnose für ein Protokoll. Wollen sie dabei sein, oder lieber alleine mit dem Doktor sprechen?«

»Ich komme mit, vor lauter Aufregung verstehe ich sowieso nur die Hälfte.«

Er bot der weinenden, taumelnden Frau seinen Arm und fuhr mit ihr in die Neurologie. Der Professor erwartete ihn schon. Sven Krümel ergriff nach der Begrüßung das Wort: »Ich bin in Begleitung von Frau Braunagel, der Mutter unserer Kranken. Sie möchte gerne bei unserer Besprechung dabei sein und genau wie ich wissen, was mit ihrer Tochter ist. Geht das in Ordnung?«

»Warum nicht, nur pflege ich bei der Polizei kein Blatt vor den Mund zu nehmen. Bei Angehörigen versuche ich mehr Hoffnung zu verbreiten. Wollen sie denn wirklich dabei sein, oder doch ein extra Gespräch?«

Der Professor saß hinter seinem Schreibtisch, breitete die Arme auseinander und lächelte die Mutter besorgt an.

»Ich möchte dabei bleiben und alles genau wissen«, antwortete sie und nickte energisch mit dem Kopf. Krümel rückte ihr einen Stuhl zurecht, setzte sich ebenso und holte seinen Notizblock aus der Tasche. Der Professor lehnte sich zurück, atmete tief durch und deutete mit einem Stöckchen auf die Röntgenaufnahmen. Er hüstelte etwas und wandte sich mit beruhigenden Worten an seine Besucher: »Die Patientin wies nach dem Verkehrsunfall Kopfverletzungen mit starken Blutungen auf, die wir ebenso wie die Gehirnerschütterung versorgten. Die beim Überfall erneut erlittenen Kopfverletzungen sahen durch die starken Blutungen dramatischer aus als sie waren. Das ist nichts Ungewöhnliches, da die Kopfhaut, die am besten durchblutete Hautregion des menschlichen Körpers ist. Wir haben diese Wunden versorgt, die später nicht mehr zu sehen sind. Wir mussten die Patientin Braunagel auf die Intensiv-Station verlegen, weil für sie eine engmaschige Überwachung dringend erforderlich ist. Die stumpfe Gewalteinwirkung beim gestrigen Überfall hat zu einer Gehirnprellung mit einer Bewusstseinstrübung geführt. Die Ursachen einer Gehirnprellung sind mit denen der Gehirnerschütterung beinahe identisch. Typisch für eine Gehirnprellung ist der so genannte Rindenprellungsherd. Dieser zeigt sich ganz deutlich an der Seite, an der sie die Flasche auf dem Kopf bekommen hat. Unglücklicherweise hat sich in den verletzten Gehirnbereichen, hier und dort, ein Hirnödem gebildet. Wiederholte Untersuchungen mit Bild gebenden Verfahren, wie beim CT, oder auch beim MRT, haben uns diese Wasseransammlungen sofort zu erkennen gegeben. Damit die Schwellungen sich nicht vergrößern und die Wassereinlagerungen sich nicht im ganzen Gehirn ausbreiten, haben wir schon mit einer konsequent entwässernden medikamentösen Behandlung begonnen. Sollte diese Behandlung, wie wir nicht annehmen, doch nicht anschlagen, müssen wir den Schädel sofort öffnen, da die knöcherne Schädelkalotte diesem größeren Volumen nicht nachgeben kann. Dann könnte sich der Druck innerhalb des Schädels schnell lebensbedrohlich erhöhen. Es wäre gut, Frau Braunagel, wenn sie mir für diesen Notfall diese Einverständniserklärung unterschreiben würden, damit wir sofort operieren können. Ich muss sie natürlich auf die Risiken aufmerksam machen. Die OP wird nicht einfach sein, sie kann Lähmungen, Sprachstörungen oder psychische Veränderung auslösen. Meistens geht es aber gut. Zu dieser Operation müssen wir unbedingt raten, es gibt kein entweder oder. Wenn sie in diesem Fall die OP ablehnen, dann gibt es keine Rettung mehr. Übrigens können wir vom Glück im Unglück reden, dass bei dieser stumpfen Gewalteinwirkung keine Gehirnquetschung verursacht wurde. Dann wären einige Gehirnareale regelrecht gequetscht, es würden auch noch Hirnblutungen auftreten und wir hätten dann wesentlich mehr Probleme. Für ihre Unterlagen Herr Kommissar, die Flasche wurde in Tötungsabsicht auf den Kopf unserer Patientin geschlagen. Hätte die Beamtin nicht auf der Seite gelegen und den Schlag von vorne bekommen, dann wären wegen der noch nicht ausgeheilten Unfallschäden, noch größere Verletzungen aufgetreten. Allerdings können wir nicht Hurra rufen, noch macht uns das Hirnwasser große Sorge. Wir tun alles was menschenmöglich ist, alles andere liegt in Gottes Hand.«

Der Facharzt im weißen Kittel reichte Frau Braunagel die Erklärung zur Unterschrift: »Ach so, wir haben der Patientin neben Schmerzmitteln auch ein starkes Beruhigungsmittel gegeben. Sie ist gestern nach acht Stunden zu sich gekommen. Sind sie also nicht in zu großer Sorge, gönnen sie ihr heute noch etwas Ruhe.«

»Da fällt uns aber ein Stein vom Herzen«, sagte Sven erleichtert. Er packte seine Notizen in die Tasche, reichte dem

Professor die Hand, bedankte sich und ging mit Frau Braunagel zum Ausgang.

»Ich möchte lieber bei Brigitte bleiben und ihr die Hand halten.«

»Glauben sie mir Frau Braunagel, das wird nicht möglich sein, nicht solange wie sie auf der Intensiv-Station liegt, der Doktor wollte doch, dass wir ihr die Ruhe gönnen. Ich bringe sie noch bevor ich zum Dienst fahre in die Wohnung ihrer Tochter. Ruhen sie sich lieber etwas aus. Wenn sie wollen, hole ich sie heute Abend wieder ab, dann schauen wir wieder zusammen nach ihrer Tochter abgemacht?«

»Das ist doch mal ein Wort«, lächelte sie und bemerkte noch: »Ehrlich gesagt, kenne ich mich in dieser großen Stadt nicht aus und habe furchtbare Angst vor den glatten Straßen.«

Sven Krümel war mit dieser Lösung zufrieden: »Ich weiß nicht wann ich Feierabend habe, rufe aber vorher an.«

Als der Chef ins Präsidium kam, musste er natürlich erst berichten, wie es Kollegin Braunagel ging und was der Arzt gesagt hatte. Das war die Frage aller Fragen. Die Stimmung war nicht nur gedrückt, sie war wie man sagte, so ganz unten am Arsch. Minutenlang schwieg der ganze Verein, wie Brigitte ihre Kollegen liebevoll nannte, weil jeder Einzelne große Angst verspürte und nicht wahrhaben wollte, was mit ihr passieren und auch Keiner aussprechen konnte. Sie vergaßen wegen dieser schlechten Nachricht sogar zu erwähnen, dass sie Name und Adresse des Empfängers der horrenden Überweisungen herausbekommen und die Kollegen Olaf und Frank unterwegs seien um ihm einen Besuch abzustatten. Erst als Krümel ihr Verschwinden feststellte, wurde er, so als wenn das gar nichts wäre, informiert. Dieses tolle Ergebnis tagelanger Recherche freute Sven sehr, aber jubeln konnte er nicht.

»Gibt es bei uns auch Tee, ich habe Magenschmerzen und seit gestern morgen nichts gegessen.«

»Da hast du aber Glück, wie bestellt servier ich dir Kamillentee und Zwieback. Nimm reichlich, du wirst sehen, dass es dir gleich wieder besser geht«, lachte Sonja, die froh war ihrem Chef was Gutes tun zu können.

»Ohne Essen geht es nicht, du solltest mehr auf deine Gesundheit achten«, riet ein Kollege, der es auch nur gut meinte. Der Tee half tatsächlich, jedenfalls ließen die Magenkrämpfe langsam nach. Wahrscheinlich war es nur Kohldampf, er hatte ja nicht umsonst so oft in die Tüte gegriffen. Wie immer, wenn er sich mal zurücklehnen wollte, kam ein Anruf für ihn, der Sven blitzartig vom Stuhl riss.

»Wir kommen«, rief er ins Telefon, blickte zu seiner jungen Kollegin, nickte mit dem Kopf und sprach in die Runde: »Ich drehe bald durch, ein neuer Tag, ein neuer Mord.« Er sagte auch den Kollegen von der SPUSI Bescheid und fuhr mit der Jüngsten im Bunde los.

»Was ist denn passiert?« fragte die Blonde auf dem Beifahrersitz.

»Kinder die mit der Mutter im Winterwald einen Schneemann bauen wollten, sind beim Schneerollen auf eine Frauenleiche gestoßen, das ist doch wirklich grauenvoll.«

»Ob dieser Mord mit unserem Fall etwas zu tun hat?«

»Mein Gefühl sagt mir leider ja. Zum Glück laufen auch nicht so viele Serientäter herum.«

Als das Ermittlerteam am Fundort eintraf, war schon von den Kollegen vor Ort alles abgesperrt. Die drei Kinder im Alter zwischen vier und sechs Jahren, saßen verstört im Streifenwagen, während die Polizisten mit Hilfe der jungen Mutter ein Protokoll aufnahmen. Sven Krümel war entsetzt als er in das Gesicht der im Schnee befindlichen Leiche schaute, was noch so jung und ihm sehr bekannt vorkam.

»Wie furchtbar, das ist ja noch ein halbes Kind!«

»Das Opfer sieht ja schrecklich aus, sag mal Sven könnte es nicht die gesuchte Katja Schulte sein?« fragte Sonja. Sie war sich sicher, dass es das Gesicht, obwohl nur noch eine Seite zu erkennen, auf den Fahndungsfotos war.

»Die Tote hat mehr als drei Tage hier im Schnee gelegen, etwas Genaueres wird die Pathologie herausfinden.«

Die Kollegin von der SPUSI hielt die restliche Hälfte des zerfetzten Kopfes in ihren behandschuhten Händen und meinte: »Das junge Mädchen wurde aus nächster Nähe hingerichtet. Wahrscheinlich mit einer Beretta, wir haben die Hülse hier gefunden. Der Fundort ist auch der Tatort.«

So sah die vorläufige Bilanz dieses schrecklichen Verbrechens aus. Dann war die Tochter vom gleichen Täter wie die Mutter und mit der gleichen Waffe getötet worden. Genauere Angaben könnten erst später nach der Obduktion gemacht werden. Handelte es sich wirklich um Katja Schulte? Einige Zweifel taten sich auf. Wenn das Opfer tatsächlich die Tochter von Frau Schulte war, wie konnte sie denn gestern an dem Überfall beteiligt sein. Ihre Leiche lag doch mindestens drei Tage im Schnee. Natürlich musste die Mordkommission erst die genauen Ergebnisse abwarten, aber für Sven Krümel stand die Identität fest. Er war sich hundertprozentig sicher, dass es nur die lang gesuchte Katja Schulte sein konnte, es war ja auch ihr Foto, welches man zur Fahndung herausgegeben hatte. Natürlich hatte der gewiefte Kommissar sofort eine plausible Erklärung parat. Sein Team wartete gespannt auf seine Aussage: »Das junge Mädchen, was an dem Überfall von Brigitte beteiligt war, hatte nur aus einem mir noch nicht ersichtlichen Grund, die Identität des Opfers angenommen. Vielleicht wollte sie mit ihrem Komplizen irgendwie an die Kohle kommen. Jedenfalls hat sie ihr Aussehen verändert und dabei einen riesigen Fehler gemacht. Sie wollte wie ihr Vorbild sein und die Gewohnheiten von ihr annehmen. Ein charakteristisches Merkmal war der weiß-blaue Opal. Wie konnte sie den tragen, wenn er noch bei uns in der Reservatenkammer ist? Wir müssen jetzt los, um festzustellen ob der Juwelier noch mehrere dieser Ringe verkauft, oder nachgemacht hat. Wenn letzteres der Fall ist, was ich stark annehme, dann haben wir den Namen und die Adresse und sind ein ganzes Stück weiter.«

Kommissar Krümel schaute nach diesem Gespräch auf seine Uhr. Es war wieder später geworden als er gedacht hatte. Er wollte unbedingt schauen was sein Nägelchen machte und ihre Mutter nicht noch länger warten lassen. »Ich muss nach Kollegin Braunagel sehen und anschließend Doktor Huber von dem neuesten Tötungsdelikt berichten. Lasst mich für den Rest des Tages mal ganz in Ruhe, vielleicht schaffe ich es dann auch mal wieder einen Happen zu essen. Tschüss allerseits«; sagte er und war verschwunden.

Ein Herrenabend

Kommissar Krümel suchte noch am selben Abend die Villa auf, wo er vor erst einer Woche mit seiner Kollegin zum Dinner geladen und zusammen mit dem Ehepaar Huber schöne Stunden verbrachte. Er stellte mit einem Frösteln fest, wie nah Glück und Leid beisammen liegen. Wie schön, leicht und locker diese Stunden waren und wie beglückend das Angebot den Abend bei Nägelchen ausklingen lassen zu wollen. Wäre er doch nicht so stur gewesen, jetzt könnte er sich wegen dieser Dummheit ohrfeigen! Bei diesen Gedanken spürte er das Verlangen sie in die Arme zu nehmen und nicht mehr loszulassen. Dieses Gefühl kannte er noch nicht so intensiv, genau wie seine Herzstiche. War es die Befürchtung, dass Brigitte sich von diesen schweren Verletzungen die sie sich in kürzester Zeit zugezogen hatte, nicht mehr erholen könnte?

»Komm herein«, begrüßte ihn Huber an der Haustür: »Was macht denn deine rechte Hand, ist sie wieder bei Bewusstsein?«

»Sie ist noch auf der Intensiv, liegt aber teilnahmslos in ihrem Bett. Ich habe in ihre schönen, braunen Augen gesehen, sie reagieren nicht, wo ist der Glanz und das Feuer? Die Augen sind schrecklich leer und mir total fremd.«

»Du darfst keine Wunder erhoffen, sie hat in dieser Woche viel mitgemacht und solltest einfach froh sein, dass diese Geschichte mit dem ganzen Drumherum, so glimpflich ausgegangen ist. Brigitte ist in guten Händen, sie wird bestens betreut.«

»Glaubst du, dass sie wieder so richtig gesund wird?«

»Sie ist eine Kämpferin, gibt auch nicht so schnell auf und wird es, wenn das blöde Hirnödem zurückgeht, auch schaffen. Ich werde sie mir morgen anschauen und auch mit dem behandelnden Arzt sprechen. Die Ärmste hat es aber auch knüppeldick getroffen, wer hätte das noch vor einer Woche geglaubt.«

»Da sagst du was, diese Woche hat mich fast um den Verstand gebracht.«

»Ja, dein neuer Fall ist wirklich ungeheuerlich und so undurchsichtig. Ich bin froh wenn ich dich bei der Aufklärungsarbeit unterstützen kann. Einen Blick in die Tatortberichte und Ermittlungsergebnisse habe ich schon riskiert. Ich brauche noch die Untersuchungsakten der Gerichtsmedizin. Erzähle was Fürchterliches mit dem jungen Mädchen passiert ist, das ihr heute gefunden habt.« Der Kriminalpsychologe holte zwei Gläser aus dem Schrank ging zur Bar und kredenzte einen trockenen Roten: »Zum Wohl, wir wollen auf Brigittes Gesundheit und auf eine gute Zusammenarbeit anstoßen.«

»Auf dass Nägelchen gesund wird und auf ein gutes Täterprofil.«

Die Freunde stießen an und genossen von Mann zu Mann über ihre gemeinsame Arbeit, dem Kampf gegen das Verbrechen, in aller Ruhe reden zu können. Der Wein schmeckte köstlich und Sven erhob öfters das Glas mit den Worten: »Auf Nägelchen«

Er wollte seinen Hunger und ebenso seinen Kummer mit dem Rotwein herunterspülen.

»Das ist auch so eine Sache«; bedauerte Sven und erzählte von der schrecklichen Tat an der Sechzehnjährigen, von seiner Überzeugung, dass es sich bei der Toten um Katja Schulte handeln müsse und dass sie der jungen Frau mit dem falschen Ring auf der Spur seien. Natürlich teilte er auch mit, dass sich seine Fahrt nach Hamburg gelohnt hätte, weil man dem Mann mit den hohen finanziellen Zuwendungen jetzt ein Stückchen näher gekommen und nicht mehr so ganz ohne Ideen sei. Wenn sie den Kerl hätten, dann wäre ihnen der bezahlte

Auftragstäter ins Netz gegangen. Beim enthaupteten Schulte tappten sie aber immer noch im Dunkeln und seien keinen Schritt weiter gekommen. Das waren aufregende, bewegende und tiefgehende Gespräche, welche die unvorstellbaren Verbrechen in aller Deutlichkeit wiedergaben und die Dringlichkeit nach schnellster Aufklärung verlangten. Die Stunden vergingen rasch und Sven Krümel merkte erst, dass er seinem Magen etwas anbieten musste, weil dieser ziemlich laut knurrte. Doktor Huber lächelte als auch er die Hilferufe vom Magen seines Freundes wahrnahm: »Du solltest mal was essen, Babs hat bestimmt noch etwas Leckeres für dich. Wir dachten du hättest schon längst etwas gegessen. Du siehst schlecht aus.«

»Ach ich bin doch nicht zum Essen gekommen, eigentlich wollte ich auch nach meinem Patenkind sehen. Geht es dem Kleinen gut?«

»Er hat einen Keuchhusten und hält seine Mama ganz schön auf Trab. Deshalb ist Babs auch mit unserem Sohnemann nach oben ins Bett gegangen. Sonst hätte sie dich schon längst begrüßt. Die Liebe wollte bei unserem Gespräch nicht stören, aber wenn sie erfährt, dass ich dir nichts zu essen angeboten habe, dann reißt sie mir die Ohren ab. Du musst sicher einen Mordshunger haben, so wie du dich anhörst?«

»Ich habe seit zwei Tagen nichts Vernünftiges gegessen, heute nur Tee und Zwieback zu mir genommen. Mir fehlte einfach die Zeit und bisher der Appetit. Die Sache mit Nägelchen geht mir nicht aus dem Kopf und ist in meinem Magen und ins Herz gerutscht und da bleibt es, immer und ewig«, sagte er theatralisch. Sven schaute über seinen Brillenrand und versuchte seinen Hundeblick aufzusetzen.

»Wenn ich sie so angeguckt habe, wurde sie immer ganz verlegen, ach was gäbe ich dafür, wenn sie jetzt hier bei uns oder besser alleine bei mir sitzen würde.«

Der einfühlsame Arthur wusste natürlich sofort was los war,

Sven hatte schon einen Schwips und sich über beide Ohren in Brigitte verliebt.

»Magst du Grünkohl mit Mettwurst und Senf? Wir haben noch einen Rest, den schmeiß ich dir in die Mikrowelle, möchtest du?«

»Oh ja lecker, gerne und dann brauche ich noch einen starken Kaffee, sonst hält mich nachher die böse, böse Polizei an und nimmt mir den Führerschein ab, ich habe glaube ich, einen ganz schön im Schlappen!«

»Das kommt daher, weil du zuwenig gegessen hast. Weißt du was wir machen, du isst jetzt etwas und ich hole uns noch eine Flasche von dem köstlichen Gesöff! Mir schmeckt er nämlich auch sehr gut und hätte Lust auf mehr. Wir machen uns so einen gemütlichen Herrenabend. Sprich dich richtig aus und ich verspreche dir geduldig zuzuhören. Das tut dir mal gut und mir auch. Du schläfst bei uns, das Gästezimmer mit Bad steht dir zur Verfügung. Man soll die Feste feiern wie sie fallen und so jung kommen wir auch nicht mehr zusammen. Morgen fahren wir gemeinsam ins Kommissariat abgemacht?«

»Abgemacht«, sagte Sven, der sich auf den Grünkohl freute und sich endlich fallen lassen konnte.

Selbstzwecktöter

Die rechtsmedizinischen Indizien gaben Kommissar Krümels Einschätzungen Recht. Tatsächlich handelte es sich bei dem jungen Opfer um die Tochter von Frau Schulte. Die DNA-Untersuchungen ließen keine Zweifel offen, die sechzehnjährige Tochter wurde mit selbiger Waffe wie ihre Mutter, nämlich einer Beretta-Luger-Kaliber 9mm, getötet. Der Täter musste aus nächster Nähe den Schuss abgegeben und sein Opfer von hinten in die rechte Kopfhälfte getroffen haben. Man fand Hautpartikel am Opfer, die noch nicht zugeordnet werden konnten. Von beiden Opfern standen der Todeszeitpunkt, der Tatort und die Todesursache fest, es fehlte aber ein Tatmotiv. Der Hauptverdächtige Schulte, könnte zwar seine Ehefrau, aber niemals die Tochter umgebracht haben. Zum Todeszeitpunkt von Katja Schulte war der Hauptverdächtige bereits grausam getötet worden. Steckte das junge Pärchen hinter diesen spektakulären Verbrechen? War der junge Mann ein Auftragskiller? Warum wurde eine ganze Familie ausgelöscht und aus welchem Grund trachtete man der Kommissarin nach dem Leben? Fragen, welche die Mordkommission sehr beschäftigte.

Während die Kollegen Olaf Bremicke und Frank Fingerhut sich bei ihrem Überraschungseinsatz in der Wohnung von Klaus Brinkmann mit akribischer Gründlichkeit umsahen und außer dem Verdächtigen, jede Menge Hinweise finden konnten, setzte sich das andere Ermittlerteam Christel Schneider und Simon Daniels das Ziel, durch einen Juwelier, an den Namen der Kundin des weiß-blauen Opals zu kommen. Letztere fanden auch nach stundenlangem Suchen den Goldschmied, der den Ring auf Wunsch angefertigt und erst vor wenigen Tagen verkauft hatte. Ein junges blondes Mädchen, mit Namen Katja Schulte, hätte ihn abgeholt. Die vom Juwelier bereitwillig mitgeteilte Adresse, war die der Villa in Frankfurt, welche die Bewohner nicht freiwillig, eher wohl zwangsläufig, geräumt hatten.

Sven Krümel bekam wie gewohnt, bei allen rätselhaften Fällen, auch in seinem neuesten Fall, von allen Seiten Feuer untern Arsch und das nicht zu knapp. Der Polizeipräsident war um den guten Ruf bedacht und verlangte von dem stets erfolgreichen Krümel schnellstmöglich den Mörder der honorigen Familie Schulte zu stellen. Die Staatsanwaltschaft wollte endlich ihre Anklage und die Tagespresse Neuigkeiten über diese makaberen Verbrechen. Die Dialektik von Verbrechen einerseits und Arbeit mit toten Menschen anderseits war es wohl, die Leser zum Kauf dieser Blätter zu animieren und einen Schauer zu erzeugen. Er bat die Presse eindringlich, vorläufig nicht weiter von diesen Morden zu berichten und seine Pressekonferenz zur gegebenen Zeit abzuwarten.

Es war doch immer das Gleiche, die Aufklärungsrate seines Teams konnte sich im Vergleich zu Anderen ganz bestimmt sehen lassen, doch dauerten die Aufklärungsbemühungen trotz hoch motiviertem Einsatz angeblich zu lange.

Aber um einen Täter zu überführen brauchte man Beweise und konnte in der Regel einen Mörder auch erst nach dem Mord finden. Krümel arbeitete schnell aber auch sehr genau und suchte stets mit seinen Leuten ein zufriedenes und vollständiges Ergebnis. Dafür stand er mit seinen Namen hinter seiner Truppe die bei dem Kampf gegen das Verbrechen sich nicht scheuten, täglich ihr Leben aufs Spiel zu setzten.

Dr. Arthur B. Huber der Tiefenpsychologe mit sehr hohem situativem Einfühlungsvermögen kannte diesen enormen Druck, welcher auf den Schultern der Ermittler in solch scheußlichen Fällen lag. Der gehörte mittlerweile zum gewöhnlichen kriminalistischen Alltag dazu. Jeder Einzelne setzte sich selbst solange unter Druck bis der Verbrecher hinter Schloss und

Riegel war und das brauchte mehr Zeit als einem lieb war. Auch er haderte mit sich, wenn nicht alles nach Plan lief, denn gerade, wenn ein Fall nicht durchschaubar war, dann wurde er gerufen, dabei war er bestimmt kein Hellseher.

»Man könnte meinen, dass der Täter aus dem direkten Umfeld der Opfer stammt«, sagte Dr. Huber der sich die Akten anschaute.

»Ja, schon alleine die Gruselattacken im Vorfeld deuten darauf hin«

»Es ist festgestellt worden, dass 75 Prozent aus dem Umfeld die Morde begehen.«

»Genau wie in dem Fall des Bestatters, wo du von uns bemüht wurdest und natürlich auch im Fall Wiesner. Meine Güte, das war doch ein Dreckskerl!«

»Ja weißt du Sven, da siehst du, wie schnell sich alles ändern kann. Obwohl mir dieser Fall auch ziemlich Schweiß gekostet hat, bin ich froh, dass ich euch helfen konnte, sonst, wer weiß, dann wäre ich noch Junggeselle, noch kein Papa und natürlich nicht so glücklich wie jetzt mit meiner Babs. Das war schon eine ganz furchtbare Geschichte, die mir sogar das Fürchten lehrte«, winkte Doktor Huber lächelnd ab: »Man sollte sich also in Acht vor Verwandten und Freunden nehmen.«

»Der unbekannte Mörder aus dem Dunklen ist ja eher eine Seltenheit, leider tauchen die in unseren Fällen immer häufiger auf und schon scheint die Spur in eine ganz andere Richtung zu deuten.«

»Vielmehr ereignen sich die meisten Tötungsdelikte ungeplant. Oft greifen die Täter plötzlich während einer Auseinandersetzung zum Messer, wie kürzlich beim Brudermord Bertram.«

»Ja, Mord als Methode konnte man dem Bruder auch nicht vorwerfen, berechnend war er aber schon. Also in dem Fall tappten wir ja auch ziemlich lange im Dunkeln. Wie geht es eigentlich dem kleinen Paul?«

»Erfreulicher Weise recht gut. Er hat das schlimme Erlebnis gut weggesteckt und sich prima entwickelt.«

»Das freut mich«, antwortete Sven Krümel: »Gut dass du mich da beruhigt hast, sonst wären mir bei diesem Einsatz die Nerven durchgegangen und ich hätte dann meinen Hut nehmen müssen. Was hat mir der Kleine leid getan!«

»Ja zusammen sind wir stark und werden auch diese Nuss knacken. Obwohl man ja nichts aufs Wetter schieben sollte, hier in diesem Fall spielt es schon eine große Rolle. Der anhaltende Schneefall hat doch sämtliche Spuren verwischt. Ich werde mich noch einmal am Unfallort des ermordeten Schulte umsehen. Dass noch ein Geköpfter Auto fahren kann macht mich sehr stutzig. Wieso wurde er getötet und warum auf so bestialischer Art? Steckt hinter dieser Wahnsinnstat ein Täter der nur zum Selbstzweck tötet? Die Analyse krankhafter Täter verrät mir sehr viel über die Funktionsweise unserer Gesellschaft. Ich werde sehen, was ich machen kann.« Dr. Huber versah diese Worte mit einem sehr geheimnisvollen Lächeln.

Rattenscharfer Feger

Dass Kollegin Braunagel, die bewährte Teamkollegin von Kommissar Krümel, mit schwersten Verletzungen im Krankenhaus lag, machte auch das Küken im Verein, Sonja Henrichs, sehr traurig. Es verging keine Stunde, in der man nicht an sie dachte und das Bedauern darüber kundtat. Eine sehr bedrückte Stimmung herrschte im Morddezernat. Die angeschossene, verunfallte und zusammengeschlagene Kollegin wurde nicht nur geschätzt und geachtet, sie war auch außerordentlich beliebt. Obwohl die junge Blonde es so toll fand, mit dem obersten Chef der Mordkommission unterwegs zu sein, spürte sie die unmissverständlichen Blicke ihrer Mitstreiter und das Getuschel hinter ihrem Rücken. Dabei war diese Chance einmalig und ein sicheres Sprungbrett für ihren dienstlichen Werdegang. Immerhin hatte der Chef sie aufgefordert mit ihm zu fahren, irgendwas hatte er sich sicher dabei gedacht.

Natürlich hatte die junge Polizistin sich gefreut, sehr sogar, einfach unbeschreiblich! Sie wäre ja verrückt gewesen, wenn sie zu Kommissar Krümel gesagt hätte, er solle gefälligst jemand Anderen mitnehmen. Das wäre doch unmöglich gewesen. Ihr Chef hätte sie für inkompetent gehalten, was ihre Zeugnisse nicht mit Ruhm bekleckert hätte. Vielleicht wäre es besser gewesen, wenn sie sich zurückgehalten und dieses Angebot nicht so überschwänglich herausposaunt hätte. Aber diese fröhliche Unbeschwertheit, war ihrem jugendlichen Alter anzurechnen, dazu konnte sie nichts und schon gar nicht, dass sie hübsch anzusehen war. Sie kleidete sich gerne nach der neuesten Mode, liebte es ihren Busen und ihre Beine zu zeigen, sie konnte sich das auch erlauben, denn sie hatte ideale Maße und wäre für eine Modelkarriere echt prädestiniert. Aber, konnte sie aus diesen Gründen keine gute Polizistin sein? Ihre Kollegen und ganz besonders ihre Kolleginnen meinten eher nein. Sie beobachteten Sonja mit skeptischen Blicken, ließen sie ihre Arbeit machen, trauten ihr nichts zu und sprachen kaum ein Wort mit ihr. Als sie vom Chef aufgefordert wurde mit nach Hamburg zu fahren, glaubte sie in naiver Weise, dass sie mit der wachsenden Aufgabe, auch ihr Image steigern würde. Das Gegenteil war der Fall, es kam ihr vor, als würde sie im Polizeidienst von den Kollegen regelrecht gemobbt. Gerade die Vermutung von Seiten der SPUSI, dass die Kommissarin Selbstmordabsichten gehabt haben könnte, ließ den Eindruck entstehen, sie wäre Schuld an der ganzen Geschichte. Sicher, Kommissar Krümel war ein sehr ansehnlicher Mann, sie hätte sich auch gerne von ihm verführen lassen aber unter diesen Umständen war sie froh, dass ihr Chef sie in ihre Schranken gewiesen hatte, sonst wäre sie sich wahrscheinlich noch schäbiger vorgekommen. Dabei hatte sie nie mitgekriegt, dass die Beiden liiert waren. Oder, war Brigitte sauer, weil jetzt so ein junges Mädchen ihre Nachfolgerin war? Sonja Henrichs wusste nicht, weshalb die Gerüchteküche brodelte und das ging ihr mächtig auf die Nerven. Sie betete jeden Abend, dass die Kollegin Braunagel schnell gesund würde, auch wenn sie dann die angenehmen Fahrten mit dem Kommissar abhaken konnte. Dem Küken gingen diese Dinge gerade durch den Kopf, als der Chef versuchte ein riesiges, flaches Paket heil durch die Tür ins Büro zu transportieren. Alle waren gespannt, was in dem Wellpapier eingepackt und ein Kopf größer als Krümel war. Sonja ahnte es, sie hatte plötzlich ein merkwürdiges Gefühl.

»Guckt mal was für einen wunderschönen Spiegel ich für unsere Sonja besorgt habe. Na, da staunst du wohl, hast sicher gedacht, dass ich mein Versprechen nicht halte?«

Der ganze Verein war sehr überrascht und schaute interessiert in das Gesicht ihrer jüngsten Kollegin. »Oh wie schön, der ist ja noch toller als in der Villa.«

»Ja komm her und schau ihn dir genau an, ich habe schon eine größere Freude von dir erwartet, was ist denn mit dir, du freust dich ja gar nicht.«

»Sie ist sicher überwältigt von ihrem Chef ein so tolles Geschenk zu bekommen. Wahrscheinlich hat sie sich das auch verdient«, lachte Olaf und der ganze Verein lachte mit. Die junge Blonde, die auch jetzt wieder ganz toll aussah, gab ihm die Hand und bedankte sich. Der Kommissar wunderte sich über das distanzierte Verhalten seiner sonst sehr offenen Polizistin und bemerkte ein paar Tränen in ihren Augen.

»Ich habe ja gehofft, dass du mir vor Freude um den Hals gefallen wärst und dem alten Knochen einen Kuss auf die Wange gedrückt hättest.«

Sonja verhielt sich ruhig, eilte zur Toilette und weinte.

»Kann mir mal einer sagen, was hier los ist? Ihr vermutet doch nicht, dass ich mit ha, ha, ich glaubte ihr würdet mich nach all den Jahren besser kennen«, lachte Sven.

»Die Kollegin fand den Spiegel in Schultes Villa so schön und da sie den Geheimgang geöffnet hatte, den ihr bei der Durchsuchung übrigens übersehen habt, wollte ich ihr als Anerkennung so einen Spiegel schenken. Die Kleine hat sich auch in Hamburg perfekt angestellt und gute Arbeit abgeliefert.«

Krümels Team brach in schallendes Gelächter aus. So laut und herzlich hatten sie in den letzten Tagen bestimmt nicht mehr gelacht, was beim Chef nicht gut ankam.

»Glaubt ihr wirklich, was ich vermute? Haltet ihr mich für so blöd und glaubt ihr, ich würde ihr dann noch vor euren Augen den Spiegel schenken? Ich will euch mal was sagen, der Kollegin habe ich eine Chance gegeben, weil sie in unserem Team noch nicht angekommen ist. Ihr seht sie als Außenseiter, das ist nicht gut, ich wollte ihr das Gefühl geben, dass sie dazugehört. Die Kleine ist zwar blond und schön, aber trotzdem nicht blöd. Bevor ihr Märchen über uns verbreitet, denkt mal drüber nach, gebt der Kollegin, auch wenn sie ein rattengeiler Feger ist, eine Chance. Unser Verein ist doch nur so stark weil einer für den anderen einsteht und so muss es bleiben, habt ihr mich verstanden? Wir haben mit Nägelchen genug Sorgen, wollen wir uns doch nicht durch so einen Blödsinn unser brillantes Teamwork in Frage stellen.« Sonja kam erst von der Toilette, als sich der Kommissar beruhigt und längst Platz an seinem Schreibtisch genommen hatte. Sie konnte nicht hören, was gesprochen wurde und wie sehr sich Krümel für sie eingesetzt hatte. Das brauchte sie auch nicht erfahren, wichtig war, dass sie zukünftig nicht mehr gemobbt wurde.

»Komm Sonja, wir wollen der mittlerweile aufgetauchten Gärtnerfamilie einen Besuch machen und ihr gründlich auf dem Zahn fühlen. Ich halte nämlich das plötzliche Verschwinden nicht für rein zufällig.«

»Okay Chef«, antwortete die junge Polizistin, die sich über ihre neue Aufgabe sichtlich freute.

Frau Kuhnert war erstaunt, dass sie von der Mordkommission aufgesucht wurde. Sie konnte sich keinen Reim darauf machen, was die Beamten von ihr wollten. Auch ihr beim Frühstück sitzender Mann war total ahnungslos, von den Verbrechen an der Familie Schulte überrascht und zutiefst geschockt. Fassungslos schauten Beide in die Gesichter der Ermittler, die Erklärungen für das plötzliche Verschwinden suchten aber keine Antworten bekamen, weil das Ehepaar ihre Fragen überhörte, mit den Tränen kämpfte, fassungslos ihre Köpfe drehte und die Arme zum Himmel streckte: »Wer macht denn so etwas? Die Familie war doch so nett. Frau Schulte war immer so herzlich ja und die Tochter ein so liebes, freundliches Mädel. In was für einer Welt leben wir eigentlich?« Das Ehepaar Kuhnert zeigte ehrliche Betroffenheit. Die Trauer konnte nicht gespielt sein und wenn, dann war dieses Ehepaar hervorragende Schauspieler.

»Wir sind natürlich bemüht diesen Fall so schnell wie möglich aufzuklären. Deshalb brauchen wir ihre Unterstützung. Sagen sie uns, wer in der Villa ein und ausging«, forderte die junge Polizistin das Gärtnerehepaar auf. Sie notierte alle Namen die nur zögernd über die Lippen der Weinenden kamen.

»Beruhigen sie sich doch, wir können nur unsere Arbeit machen, wenn uns Betroffene wie sie uns erzählen, was sie von den Opfern wissen. Leider können wir nicht länger warten und müssen ihnen diese Fragen stellen, denn sie waren über eine Woche verschwunden, wo waren sie?« Kommissar Krümel stellte ganz ruhig diese Frage auch wenn sie ihm unter den Nägeln brannte. Sonja Henrichs notierte den Urlaubsort und die Adresse der Schwester in der Schweiz und Tag sowie Uhrzeit wann sie Frankfurt verlassen hatten. Obwohl für diesen kurzen Schweizaufenthalt ein Flugticket angebrachter gewesen wäre, hätte sich das Ehepaar aus finanziellen Gründen für eine Anreise mit eigenem PKW entschieden. Aus diesem Grund war die Anfrage der Polizei bei den früheren Ermittlungen in Reisebüros und Flughäfen, ergebnislos geblieben. Die Frage warum sie sich nicht länger in der Schweiz aufgehalten hätten, erklärten sie mit der Dringlichkeit die Schneemassen räumen zu müssen.

»Wer hat ihnen denn das Päckchen gegeben, welches ihre Tochter Annemarie der Frau Schulte ausgehändigt hat?«

»Ach, das können wir ihnen nicht genau sagen. Wir nehmen sehr oft Pakete für Frau Schulte entgegen. Das war nicht außergewöhnlich, da sie oft wochentags in der Firma zu tun hatte.«

»Wo ist denn die kleine Annemarie?« wollte Krümel wissen. Frau Kuhnert kam ins Stottern: »Die, eh, die Kleine haben wir für ein paar Tage bei meiner Schwester gelassen. Sie bringt uns das Kind nächste Woche und möchte dann bei uns Urlaub machen.«

»Wieso das denn, es sind doch keine Schulferien?«

»Unsere Tochter wurde von der Schule beurlaubt. Sie ist schwer krank und musste dringend operiert werden. Deshalb sind wir auch in die Schweiz gefahren, weil hier in Deutschland kein Arzt diese schwierige Operation durchführen wollte. Wir haben alles Geld zusammengelegt und glücklicherweise einen kurzfristigen Termin erhalten. Es war höchste Eile geboten. Die Kleine hat alles gut überstanden und nun eine normale Lebenserwartung, sie können sich vorstellen, dass unser Kind uns das Wichtigste war und wir nun überglücklich und dem Himmel sehr dankbar sind.«

»Wir gratulieren zu der gelungenen Operation, die muss aber eine Stange Geld gekostet haben, woher hatten sie soviel Geld?«

»Wie gesagt, wir haben alles zusammengelegt was wir hatten, die Sparverträge gekündigt und sogar unsere Lebensversicherung aufgelöst.«

»Haben sie auch bei Frau Schulte um Geld für Annemaries Operation gebeten?«

»Nein, wir wollten nicht betteln, das ließ unser Stolz nicht zu.«

»Aber in dieser Situation, wo es um das Leben ihres Kindes geht, fragt man da noch nach seinem Stolz?«

»Frau Schulte hielt ihr Geld immer zusammen und bedauerte die Wirtschaftskrise, deshalb durfte mein Mann auch nur noch einmal wöchentlich sich um das große Grundstück kümmern. Obwohl sie sonst nett und freundlich war, die hätte uns nie und nimmer Geld gegeben, aber wir haben es auch so zusammen bekommen. Mein Mann hat zusätzlich jede Arbeit angenommen und zum Glück wohnen wir hier noch fast mietfrei!«

»Haben sie eigentlich von den schrecklichen Ereignissen, die sich im Vorfeld in der Villa abgespielt haben, etwas mitbekommen, hat sich Frau Schulte in dieser Richtung geäußert?«

»Was für Ereignisse? Uns hat sie privat nie etwas erzählt, worum handelte es sich denn?«

»Zwei Fragen haben wir noch, wohnen sie hier alleine im Haus und was wissen sie von der Zugehfrau, hat sie von dem bevorstehenden Urlaub gesprochen? Sie ist zur gleichen Zeit wie sie in den Urlaub gefahren. Hat sie Familie und wo wohnt sie?«

»Sie wohnt hier im Haus in der oberen Etage und wollte für vier Wochen nach England ihren Sohn, Schwiegertochter und die Enkelchen besuchen. Dieser Urlaub war schon lange geplant und auch von Frau Schulte bewilligt. Ach die Ärmste, die wird auch entsetzt sein, wenn sie erfährt, was mit der Familie passiert ist.«

Die Kuhnerts waren noch immer sehr betroffen und beantworteten unter Schluchzen und Schnäuzen bereitwillig alle Fragen.

»Darf ich bitte ihre Toilette aufsuchen?« fragte die junge, eifrig schreibende, Sonja Henrichs.

»Eine Gästetoilette können wir ihnen nicht bieten, hier ist unser Bad«, sagte die Hausfrau. Sonja war es schon recht, so konnte sie wie immer, nach wichtigem Material für eine DNA Probe suchen.

»Können wir uns mal im Zimmer ihrer kleinen Annemarie umsehen?«, fragte Sven Krümel, der mit seiner Befragung noch nicht ganz zufrieden war.

»Selbstverständlich, wir sind stolz, dass wir unserem Kind so ein schönes Zimmer einrichten konnten, schauen sie nur, wir haben nichts zu verbergen.«

Der Kommissar nickte freundlich und betrat das Kinderzimmer mit den Worten: »Jetzt hätten wir das Wichtigste doch tatsächlich bald vergessen, schauen sie sich bitte das Bild an, kennen sie den jungen Mann, haben sie ihn schon mal gesehen?« Frau Kuhnert schaute nur flüchtig auf das Bild und verneinte sofort. Dem gewieften Kommissar fiel auf, dass die Frau nicht die Wahrheit sagte. Der verstörte Blick und die rasche Gesichtsverfärbung festigten Krümels Verdacht. Selbstverständlich hakte er noch einmal nach, mit der Bitte, sich das Bild ganz genau anzusehen.

»Das brauche ich nicht, ich kenne den Mann nicht, habe ihn auch noch nie gesehen.«

»Das bringt doch nichts, wenn sie lügen, wir bekommen es doch mit der Zeit sowieso heraus, ich sehe an ihrer Nasenspitze, dass sie mir nicht die Wahrheit sagen.«

»Sie täuschen sich, ich bin nur aufgewühlt, weil wir jetzt in Annemaries Zimmer sind. Die Ärzte hatten sie beinahe aufgegeben und nun darf sie doch bald, wie alle anderen Kinder, groß und glücklich werden. Können sie mich nicht verstehen?«

»Doch selbstverständlich.«

Auch die junge Blonde war wieder an der Seite des Kommissars und schaute sich mit ihm das wirklich liebevoll eingerichtete Prinzessinnenzimmer ganz in rosa an. Bevor sie in das Obergeschoss des Hauses auf eventuelle Hinweise und Spurensuche gingen, legten sie natürlich noch dem Gärtner das Fahndungsfoto vor. Auch er war sich sicher den jungen Mann nicht zu kennen.

»Kommen sie bitte gleich aufs Präsidium, wir benötigen ihre Unterschrift fürs Protokoll«, sagte der Kommissar. Er ging mit seiner jungen Kollegin zum Wagen. Bevor die schöne Blonde sich anschnallte, umarmte sie ihren überraschten Chef und drückte ihm auf beide Wangen einen laut schmatzenden Kuss.

»So, dass ist meine späte Reaktion auf den wunderschönen Spiegel. Nie hätte ich gedacht, dass du mir so ein tolles Stück schenken würdest. Ich bin überglücklich und freue mich riesig.«

»Das sah vorhin aber ganz anders aus!«

»Ja, dafür muss ich mich bei dir entschuldigen. Glaube mir, wenn wir alleine gewesen wären, dann hätte ich meinen Gefühlen freien Lauf gelassen und dich vor lauter Freude geknuddelt. Vor den Kollegen war ich so gehemmt, weil die mich nicht mögen und mir das Leben wirklich schwer machen.«

»Ach Kindchen, das bildest du dir nur ein. Mach deine Arbeit weiter so wie bisher und kümmere dich nicht um dummes Gerede, das hört nach einer gewissen Zeit von ganz alleine auf. Junge Leute die neu ins Team einsteigen haben es überall schwer sich zu behaupten, gerade wenn sie so willensstark und dazu noch so hübsch sind wie du. Im Grunde sind wir ein tolles Team, jeder kann sich auf den anderen verlassen. Wir arbeiten nicht gegeneinander sondern miteinander. Ich bin überzeugt, dass dich Alle respektieren und auch mögen. Sie werden dir sehr bald zeigen, dass dein Platz in unserer Mitte ist.«

Sven lächelte Sonja aufmunternd an, schaute zwinkernd über seinen Brillenrand und stupste ganz kurz mit seinem rechten Zeigefinger auf ihr süßes Näschen: »Kopf hoch, wenn der Hals auch dreckig ist. Du wirst sehen, in ein paar Tagen sieht die Welt für dich ganz anders aus. Du hast mit deiner Arbeit schon einen guten Einstieg hingelegt, mach weiter so, ich bin jedenfalls sehr zufrieden mit dir.«

Diese netten Worte ihres Chefs taten der jungen Hübschen sehr gut, die jetzt wieder lächelte und mit einem Taschentuch ein paar Tränchen wegtupfte.

»Schnall dich an, jetzt geht's los und wie gesagt, immer hübsch fröhlich bleiben«, lachte der Kommissar und fuhr mit ihr zurück ins Präsidium.

Dr. Huber

Doktor Arthur B. Huber, ein erfahrener und viel gefragter Kriminalpsychologe, der unbekannten Tätern ein Gesicht und Erklärungen für jeden Tathergang in allen unerklärlichen Fällen gab, wunderte sich, dass der gesuchte, hauptverdächtige Klaus Brinkmann bisher total unauffällig war, also eine tadellos reine Weste hatte. Täter die mit roher Gewalt aus dem Nichts auftreten und skrupellos ihre Opfer töten, haben eine kriminelle Vergangenheit und einen Hang zu erheblichen Straftaten. Sie fangen klein an, drehen krumme Dinger, schleichen auf verbotenen Pfaden, baldowern Einbruchsgelegenheiten aus und verkloppen Diebesgut. Jede einzelne Straftat ist meistens die Vorstufe zu weiteren, größeren Verbrechen, die dem Täter das Gefühl für Größe sowie Macht vermitteln und ihn in einen Wahn versetzen, Angst und Schrecken zu verbreiten um letztlich aus Lust zu töten. Schlimme Kindheitserlebnisse sind oft die Ursache für ein außergewöhnlich ausgeprägtes Gerechtigkeitsgefühl. Diese Menschen verlangen geliebt und geschätzt zu werden und wollen Luxus, den sie sich nicht leisten können, sie stehen unter einen Zwang und der Frage, warum sie nicht reich und beliebt sind? Sie kriegen nichts gebacken, bauen nur Mist und verpfuschen so ihr Leben. Oft versuchen sie sich eine normale Existenz aufzubauen, doch meistens ist dieser Versuch vergeblich und der Wunsch nach bestem Image vorrangig. Sie holen sich einfach, was sie sich nicht erlauben können und verzocken Unsummen an Spieltischen und fangen an zu koksen. Schicke Autos müssen her, Schulden werden gemacht und mit den ersten Straftaten tut sich der Sumpf auf, der diese kranken Bestien züchtet.

Anders schaute es mit Klaus Brinkmann aus. Er hatte keine kriminelle Vergangenheit. Warum ließ sich ein ungescholtener junger Mann auf diese Horrorvorstellungen in der Villa Schulte ein? Das ständige Betrachten von äußerst brutalen Videofilmen könnte das Vorbild und die Hemmschwelle für diese unmoralischen und menschenunwürdigen Täuschungen sein. Sicher wurde er für diese Vorstellungen bezahlt, nicht zuletzt, da regelmäßige Überweisungen stattfanden. Aber warum tötete er seinen Geldgeber, sein Opfer, dessen Tochter und versuchte noch die Kommissarin zu töten? Was ging im Kopf des Täters vor, warum verhielt er sich so und was war sein Motiv? Dr. Huber machte es sich nicht leicht und versuchte, wie in jedem kniffligen Fall, jedes noch so winziges Staubkrümelchen unter die Lupe zu nehmen, bis er es beurteilen konnte um den Tathergang aufzuklären. Er besichtigte die Tatorte um sich mit Bildern in die Gedankenwelt der Täter hineinzudenken die so schrecklich verworren waren. Nur so konnte er ein genaues Täterprofil erstellen. Er wurde nicht müde, auch wenn er sich immer nur die gleichen Fragen stellte. Der Psychologe arbeitete sich durch seine Akten um nach Verhaltensmustern in ähnlichen Fällen zu suchen. Diese Straftäter, die so bizarr töten, haben nämlich alle eins gemeinsam, sie sind krank, handeln zwanghaft und sind deshalb gemeingefährlich, denn alles was sich ihnen in den Weg stellt wird niedergestreckt. Klaus Brinkmann musste davon ausgegangen sein, dass Kommissarin Braunagel ihn bei der Schießerei in der Villa gesehen hatte, deshalb sollte sie sterben. Nur dieses Motiv war die einzige Erklärung für diesen Unfall und für den Überfall im Krankenhaus. Dieses zwanghafte Verhalten bedeutete Angst, diese bekam der Täter aber nur, weil er in eine Rolle gedrängt wurde, welche er nicht mehr beherrschte. Also, konnte nur der Täter auch ein Opfer sein. Deshalb war Klaus Brinkmann niemals ein Einzeltäter, das war Fakt. Der unerfahrene und sicher sensible junge Mann wurde ausgenutzt, durch leichtere Straftaten zu Größeren gezwungen, also in Stiefel gezwängt, die ihm nicht passten. Die Morde waren Verzweiflungstaten, weil der Täter keinen anderen Ausweg sah, aussteigen und unerkannt entkommen wollte.

Doktor Huber war zufrieden, dass er schon ein ganzes Stück näher am Täterprofil war und seinem Freund Sven erklären konnte, warum ausgerechnet Brigitte auf der Todesliste stand und noch immer in Gefahr war. Sie war keine Bezugsperson, nur zur falschen Zeit am falschen Ort. Es hätte auch jeden anderen Ermittler treffen können. Doktor Huber war sich auch sicher, bald das sehnlich erwartete Gesamtergebnis abliefern zu können. Ihm fehlten noch genaue Angaben von der Gerichtsmedizin bezüglich des Geköpften. Es war nun mal eine schwierige Aufgabe die Nase in mysteriöse, schier unlösbare Fälle hineinzustecken, das machte er nicht nur mit großer Leidenschaft, sondern auch sehr präzise.

Sodom und Gomorrah

So ungewöhnlich wie Kommissar Krümels neuester Fall, so außergewöhnlich war auch das Wetter in diesem kalten Winter. Noch nie gab es so lang anhaltende Minusgrade im zweistelligen Bereich und auch noch nie so unglaublich viel Schnee. Beide Tatsachen riefen nach schnellstmöglicher Veränderung, der Fall musste endlich aufgeklärt werden und die Wetterlage sich dringend ändern. Krümel war in seinem Fall, dank Hubers ersten Einschätzungen, ziemlich nah am Täter und suchte nach Möglichkeiten ihn auf zuspüren, aber am Wetter konnte selbst er nichts richten, denn das war höhere Gewalt die lag nicht in seiner Macht. Er selbst machte wenig Aufheben um seine Person. Dafür hatte er auch nie Zeit, weil er ziemlich beschäftigt und regelmäßig im Einsatz war. Trotz jahrelanger Erfahrung ließen ihn diese Einsätze nicht kalt. Es war stets Gefahr mit ihnen verbunden. Er trug Verantwortung und lief immer Straftätern hinterher wenn es sein musste, sprang er auch ins kalte Wasser, fand dieses aber nicht besonders mutig, es gehörte einfach zu seiner Arbeit und seinem Leben dazu. Ebenso wie Kommissarin Braunagel, die das genauso sah und für den Polizeidienst zu jeder Tages und Nachtzeit auf dem Sprung war. Wie gefährlich der Job war, sah man an Brigittes lebensbedrohlichen Verletzungen.

Glücklicherweise war die medikamentöse Behandlung gut angeschlagen, die Schwellungen hatten sich wie auch die Wasseransammlungen im Gehirn zurückgebildet. Sie brauchte sich deshalb auch nicht dieser schrecklich angedachten Operation unterziehen, befand sich wieder im so genannten grünen Bereich und durfte auch zu ihrer großen Freude die Intensivstation verlassen. Als Kommissar Krümel diese fantastische

Neuigkeit erfuhr, hielt ihn nichts mehr auf seinem Stuhl und eilte mit den Worten: »Nägelchen ist wieder unter den Lebenden!« aus seinem Büro. Mit Blaulicht und Martinshorn, fuhr er so schnell die Straßen es zuließen, ins Krankenhaus und verlangte bei der überraschten Blumenfrau die herrlich roten langstieligen Rosen. Alle, die vorrätig waren, genau so glücklich wie beim ersten Blumenkauf, nur ein wenig mehr außer Atem aber voll froher Erwartungen.

»Da wird sich die Dame ihres Herzens aber wieder sehr freuen«, sprach mit freundlichem Lächeln die Floristin und überreichte dem zufrieden drein schauenden Kommissar den tollen Strauß.

»Ich habe die Dornen schon abgemacht, dann können sie die Rosen leichter in eine Vase stellen«

»Danke, das ist sehr aufmerksam und clever gedacht. Es wäre gut möglich, dass ich alter Schussel mich daran verletzen könnte«, lachte Krümel. Er wartete auf den Aufzug, der es nicht so eilig hatte, wie er. Nachdem er den auf dem Flur wachenden Polizisten begrüßt hatte, öffnete Sven mit klopfenden Herzen und weichen Knien die Tür zum Krankenzimmer. Von allen Sorgen und Ängsten gelöst, lief er ans Krankenbett. Brigitte trug noch einen Kopfverband. und eine Blässe in ihrem Gesicht, das trotz allem sehr schön wirkte, weil ihre Augen, die Sven anschauten, nicht mehr trüb waren, sondern richtig leuchteten. Der Kommissar hielt stumm die Rosen in der Hand und wartete einen Moment, genau wie die Kranke, auf den Augenblick in dem etwas passierte. Sven legte die Rosen auf die Bettdecke setzte sich auf die Bettkante und küsste mit inniger Leidenschaft seine Brigitte, die so viel durchmachen musste. Beide waren nicht fähig etwas zu sagen, zu schlimm die vorangegangenen Ängste, die Sorgen und die Schmerzen. Brigitte weinte überglücklich und Sven kam sich wie ein verliebter Schuljunge vor. Auch er konnte seine Tränen nicht zurückhalten.

»Nägelchen, mein Nägelchen, was bin ich froh, dass es dir wieder besser geht. Jetzt, wo deine schönen Augen wieder leuchten, sehe ich dir an, dass du über den Berg bist. Der Gedanke, dass du sterben könntest, war für den ganzen Verein furchtbar und ganz besonders für mich. Ich liebe dich.«

»Ich dich auch, sehr sogar und freue mich dass es nun endlich bei dir gefunkt hat. Ich hatte die Hoffnung schon fast aufgegeben.«

»Ich habe mir schon Selbstvorwürfe gemacht, dass ich so ein sturer Kerl war. Mein Gott, es hätte mit uns alles vorbei sein können, das war ja so unglaublich. Wir wollen jetzt nicht davon reden, denk nur an was Schönes und schlaf etwas. Ich darf vom Arzt aus nur wenige Minuten bei dir bleiben, weil du noch Ruhe brauchst. Schlaf gut und träum von uns. Irgendwann wird sich dein Traum bestimmt erfüllen und ich kann es ehrlich gesagt kaum erwarten. Heute Abend schaue ich wieder nach dir. Ich gebe die Rosen der Schwester, die bringt sie dir sicher mit einer schönen Vase. Tschüß mein Nägelchen, ich bin sehr, sehr glücklich.«

»Ich auch und vielen Dank für die wunderschönen Rosen«, Brigitte sprach diese Worte sehr leise, ihr fielen auch öfters die müden Augen zu, lächelte aber glücklich ihren geliebten Sven an. Dieser küsste sie noch einmal zum Abschied und fuhr mit einer Festtagslaune ins Präsidium.

Dort war wieder der Teufel los. Von verschiedenen Haarproben die Sonja im Bad der Wohnung des Gärtnerehepaares sichergestellt hatte, war eine mit der DNA von Klaus Brinkmann identisch. Das war ein Knaller. Der Kommissar hatte wieder Recht mit der Vermutung, dass die Kuhnerts nicht die Wahrheit gesagt hatten und sehr wohl den jungen Mann kannten, denn der ging ja bei ihnen ein und aus, was sicher kein Zufall war. Heute schien Krümels Tag zu sein. Er wandte sich an

Sonja: »Komm Kleines wir fahren da mal hin, bin sehr gespannt was die Beiden uns nun auftischen.«

»Wir sind's, dürfen wir hereinkommen?«

»Sie schon wieder? Was gibt es denn, wir waren doch auf der Wache und hatten außerdem alles, was wir wussten gesagt.«

»Das haben sie eben nicht, Frau Kuhnert. Ich erinnere mich genau, ihnen gesagt zu haben, dass es sowieso nichts bringen würde, wenn sie nicht mit der Wahrheit rausrückten, da sie über kurz oder lang sowieso ans Licht käme. Ja und nun ist sie ans Licht gekommen und wir warten nur noch auf ihre Erklärung«, meinte Sven Krümel. Sonja holte ihre Schreibutensilien und fragte: »Sie kennen ja doch den jungen Mann auf dem Fahndungsbild, warum haben sie uns belogen?«

»Zeigen sie mir bitte noch einmal das Bild des jungen Mannes, er hat zwar eine gewisse Ähnlichkeit mit meinem Sohn, aber nein, das kann er nicht sein:«

»Wie heißt ihr Sohn?«

»Mein Sohn heißt Klaus Brinkmann. Er führt meinen Mädchennamen, da er unehelich geboren wurde. Mein Mann weiß nichts von ihm, deshalb habe ich auch sofort ihre Frage, ob ich ihn kennen würde, verneint, er ist aber ein ganz Lieber. Ich kann nicht begreifen, dass er von der Polizei gesucht wird. Es muss sich um ein großes Missverständnis handeln, er hat bestimmt nichts verbrochen, dafür lege ich meine Hand ins Feuer.«

Frau Kuhnert war ziemlich aufgewühlt und ehrlich davon überzeugt, dass ihr Sohn einen Doppelgänger hätte und man ihrem Klaus nur die vorgeworfenen Taten anhängen wollte. Die junge Polizistin fragte ungerührt: »Wo hält sich ihr Sohn zur Zeit auf? Sagen sie uns jetzt nicht in seiner Wohnung, dort ist er seit Tagen nicht aufgetaucht. Wo also, könnte er sein?«

»Ob sie mir glauben oder nicht, ich weiß nicht wo er sein könnte. Da mein Mann nichts von ihm weiß, kommt er auch nur ganz selten mich besuchen. Sie sagen meinem Mann doch nichts von ihm, das würde er mir nie verzeihen.«

»Sagen sie, haben sie keine anderen Probleme? Ihr Sohn wird verdächtigt ein eiskalter Serientäter zu sein, wir müssen ihn fassen, bevor er noch mehr Menschen umbringt, und sie machen sich Sorgen wie ihr Mann reagiert, wenn er von einem unehelichen Kind erfährt?«

»Mein Sohn ist herzensgut und ganz bestimmt kein Serientäter.«

»Dann helfen sie uns, um so eher können wir alle Missverständnisse aufklären.«

»Wo ist ihr Mann?«

»Der arbeitet den ganzen Tag bei Frau Schlingensiepen im Garten. Er ist meistens erst gegen 18:00 Uhr wieder Zuhause. Er kann ihnen aber bestimmt nichts über Klaus sagen, so glauben sie mir doch.«

»Dann kooperieren sie mit uns. Ihr Sohn hat doch eine Freundin, die so ähnlich aussieht wie Katja Schulte, wie heißt und wo wohnt sie?«

»Auch wenn sie mir nicht glauben, ich weiß es wirklich nicht.«

Frau Kuhnert fing an zu weinen: »Glauben sie, dass ein Kind, welches seine Kindheit bei den Großeltern verbracht hat, im Erwachsenenalter seiner Mutter alles erzählen würde, einer Frau, die ihr eigenes Kind vor ihrem Mann versteckt und sich so gut wie nie um es gekümmert hat?«

»Zeigen sie uns Bilder von ihrem Sohn, und erzählen was sie wissen. Warum halten sie ihn für herzensgut und bestreiten, dass er ein Verbrecher ist, wenn sie ihn doch so gut, wie gar nicht kennen?«

»Der Junge ist nach allem was er ohne Mutter durchgemacht hat, ein guter Sohn, ja beinahe ein Heiliger. Er hat nämlich uns das Geld für unsere kleine Annemarie gegeben, damit sie operiert werden konnte. Er liebt seine Schwester über alles und wollte seinen kleinen Schatz nicht verlieren. Alle zwei Wochen kam er, schaute nach ihr und gab mir viel Geld.«

»Haben sie sich denn nicht gewundert wo er das viele Geld her hatte?«

»Das bekam er von seinem leiblichen Vater, einem reichen Mann.«

»Was sagte ihr Mann denn von dem warmen Geldsegen, spätestens da hätten sie doch von ihrem Klaus sprechen müssen.«

»Mein Sohn wollte das nicht, es sollte unser Geheimnis bleiben. Verstehen sie jetzt, warum ich mir sicher bin, dass er kein Verbrecher ist?«

»Ich verstehe nicht, dass ihr Mann sich nicht wunderte, soviel Geld konnten sie doch niemals zusammen bekommen.«

Den wahren Preis habe ich ihm verschwiegen, er wusste nicht wie hoch die Kosten für die Operation waren, sonst wäre er verzweifelt.«

»Und wie hoch waren die Kosten?«

Knapp 100.000,00 Euro, meinem Mann habe ich gesagt, dass sie nur 20.000,00 gekostet hat, sonst hätte er niemals unterschrieben. Selbst die Summe hätten wir ohne Hilfe meines Sohnes niemals zusammen bekommen.«

Kommissar Krümel wunderte sich, mit dieser Aussage hatte er nun wirklich nicht gerechnet. Hatte Klaus Bergmann weil er dem Kind helfen und was Gutes tun wollte, sich für diese gräulichen Taten in der Villa engagieren und bezahlen lassen? Das war doch undenkbar! Interessiert fragte er nach dem Namen des Vaters. Es zog ihm fast die Schuhe aus, als er die Antwort hörte.

»Der Vater meines Sohnes heißt Rudolf Schulte. Er ist auch der Vater unserer Annemarie. Mein Mann darf dieses um Gottes Willen nie erfahren, sonst schlägt er uns tot.«

»Ist er denn gewalttätig?«

»Ja leider, er verträgt keinen Alkohol trinkt davon aber manchmal mehr als ihm bekommt. Die Sorgen um das sterbenskranke Kind und die finanzielle Not, gerade jetzt wo er einen Auftrag nach dem Anderen verliert, frisst ihn fast auf und lässt ihn oft nach der Flasche greifen, damit er seinen Frust herunter spülen kann. Dann rastet er aus, dass ich richtig Angst bekomme. Es ist auch schon vorgekommen, dass er mich geschlagen hat. Am nächsten Tag weiß er aber nichts mehr davon, dann ist er wieder ein lieber Ehemann und ein richtig liebevoller Vater. Bitte halten sie meinen Mann bloß aus dieser Geschichte heraus, ich weiß wirklich nicht, was dann passiert.«

»Wir werden ihn befragen müssen, versuchen auch wenn es geht, irgendwie ihre Aussage, außen vor zu lassen, aber versprechen können wir ihnen nichts. Ihr Mann soll sich noch heute nach 18:00 Uhr bei uns melden.«

Die Ermittler verließen ohne ein Packende gefunden zu haben ziemlich frustriert die Wohnung der Familie Kuhnert. Als sie ins Auto stiegen zwinkerte Sven seiner Kollegin über dem Brillenrand zu: »Alles Sodom und Gomorrah.«

Todessehnsucht

Während draußen auf den meisten schneebedeckten, spärlich beleuchteten Straßen die Ruhe der Nacht deutlich zu spüren war, feierte man in der Diskothek des vier Sterne Hotels Anytime, die Party des Jahres und machte die Nacht zum Tag. Sie wäre wohl besser als Party des Monats angekündigt worden, denn sie wiederholte sich alle vier Wochen, was letztlich egal war, denn solange hielt sich kein Gast im Hotel auf und den externen Gästen, die sich für diesen Kartenkauf meist in Gruppen anstellten, war es sowieso egal. Die jungen Leute hatten den Alkohol gleich mitgebucht, weil es billiger war, als jeden Schnaps einzeln zu bezahlen. Das Ziel für diese Nacht war bei allen Jugendlichen gleich, sie wollten Spaß und ein bisschen den Kopf frei saufen. Diese Disco wurde in dieser Nacht zu Beton gewordenem Traum, den viele Kinder träumten, wenn sie in ihrer Phantasie den Überfluss durchspielten und bei dieser Party sich alles erlauben konnten. Sie wollten in dieser Nacht ihre Pläne vergessen, was auf sie zukam und was ihre Eltern, Ausbilder und Lehrer, den Ernst des Lebens nannten. »Once in a Lifetime« lautete der Titel dieser Nächte. Einmal im Leben, die Chance auf die beste Party. Dabei sein war alles, diese Momente sollte man nie vergessen. Sie wollten nicht nur feiern, sondern eskalieren, alles Typen mit guter Laune, so richtige coole Partygäste sie warfen ihre Arme in die Luft, kreischten und waren glücklich. Die Lampen leuchteten rot blau und grün und zauberten trotz der Plastikreliefs an den Wänden eine gemütliche Atmosphäre. Die Tanzfläche tauchte sich in wechselnden Farben durch gleißendes Licht, die Musik riss auf und Marilyn Monroe, auch aus Plastik, hielt noch immer lächelnd ihren weiten, weißen, fliegenden Rock. Den Kopf frei saufen, wollte sich auch dieses junge Pärchen, welches in einer schummrigen Ecke vor einem großen Glas mit zwei Strohhalmen dicht zusammen saß und um sich herum alles vergaß. Sie hätten am liebsten nur geflüstert, denn das was sie zu sagen hatten, sollte keiner mitbekommen, mussten aber ziemlich laut sprechen, da die fetzige Musik eine normale Unterhaltung schier unmöglich machte. Beide steckten ihre Köpfe zusammen und riefen aus, was auf ihrer Seele brannte. Egal, was sie sich zuriefen, zu verstehen, war es kaum. Sie zogen gierig ihr Getränk aus dem Glas, bestellten wieder neu und schienen ihren Wortschwall nicht bremsen zu können. Der junge Mann nahm das schmale Gesicht des blonden Mädchens in beide Hände, streichelte es sanft und küsste ihren kirschroten Mund. Sie kuschelte sich an seine Schulter und fing an zu weinen. Ganz behutsam küsste er ihr die Tränen von den Wangen: »Glaube mir, wir kommen da nicht mehr raus, wir haben unsere Chance vertan. Ich sehe keinen anderen Ausweg mehr und werde mir mit Schlaftabletten das Leben nehmen.«

»Du bist doch verrückt, das ist keine Lösung. Geh zur Polizei und stell dich. Du bist doch noch so jung und hast dein ganzes Leben noch vor dir, das willst du doch nicht einfach so wegwerfen?«

»Es aber auch nicht im Knast verbringen. Ich hätte mich nie auf den Deal einlassen und dich damit reinziehen sollen. Ich bin es so leid und habe Angst einzuschlafen, weil mich schreckliche Alpträume quälen. Lass uns diese Nacht noch schön machen und uns dann voneinander verabschieden.«

»Du darfst dich nicht umbringen, und wenn es sein muss, dann ziehen wir es zusammen durch.«

Die Beiden hatten mehr Alkohol getrunken, als sie vertragen konnten. Ihre gemeinsam ausgeführten Straftaten verbanden sie für immer. Sie fühlten sich aneinander mit Ketten gefesselt, fanden es auf einmal ganz besonders romantisch eng umschlungen als Liebespaar aus dem Leben zu gehen und verspürten plötzlich eine große Todessehnsucht. Als der DJ nun endlich mal Kuscheltime ankündigte, quälten sich die Beiden durch die Massen und tanzten eng umschlungen nach den Schmusesongs.

In der Frühe um 4:35 Uhr, wurde Kommissar Krümel wieder einmal in seiner Nachtruhe gestört. Es wurde eine Frauenleiche direkt am Hotel Anytime gefunden. Schlaftrunken rieb er seine Augen und wählte spontan die Nummer, die er bei nächtlichen Einsetzen immer wählte und hatte plötzlich die Mutter von seinem Nägelchen am Apparat.

»Ach Frau Braunagel, entschuldigen sie bitte, dass ich sie geweckt habe, mir ist das sehr peinlich, legen sie sich bitte wieder hin und schlafen weiter.«

»Sie Herr Kommissar? Um Himmelswillen, es ist doch nicht wieder was mit meiner Tochter?«

»Nein, nein, beruhigen sie sich bitte, mit Brigitte ist nichts. Ich hatte nur aus Versehen, so routinemäßig ihre Nummer gewählt, weil ich sie brauchte.«

»Herr Kommissar, so mitten in der Nacht, das ist aber seltsam, schämen sie sich. Sie wissen doch, dass sie noch im Krankenhaus liegt, oder ist doch was mit ihr und wollen mich nur schonen?«

»Nein Frau Braunagel, sie sehen das falsch. Ich habe diese Nummer gewählt, weil ihre Tochter immer mit mir des Nachts raus fuhr. Leider habe ich es jetzt sehr eilig und muss das Gespräch beenden.«

»Erst wecken sie und ängstigen mich und nun haben sie es eilig und können mir nicht einmal erklären.«

Frau Braunagel sprach wütend ins Telefon und merkte nicht, dass am anderen Ende die Leitung unterbrochen war. Kopfschüttelnd legte sie sich wieder ins Bett: »Diese jungen Männer von heute! Das hätte es in meiner Jugend nicht gegeben.« Sven rief seine junge Kollegin an, die sich rasch in ihre Klamotten stürzte und putzmunter auf ihren Chef wartete. Am Fundort der Leiche, wo Polizisten schon die Straße abgesperrt hatten und einige seiner Jungs und die Kollegen von der Spurensicherung bereits ihre Arbeit machten, bot sich dem später eintreffenden Ermittlerpaar ein grauenvolles Bild. Eine junge Frau war über einer Balkonbrüstung eines Hotelzimmers im achten Stock gestürzt und auf das Marmorpflaster des Eingangsbereiches geschlagen. Obwohl das Gesicht der Toten mit Blut verschmiert war, wusste man sofort, dass es sich um die falsche Katja Schulte handelte, weil die Ähnlichkeit beider Mädchen verblüffend war. Ihr Name war Stefanie Herford und gerade 18 Jahre jung.

»Sie war alkoholisiert und musste von dem Balkon gestoßen worden sein. Das geht eindeutig aus dem Fallbild hervor. Wenn sie gesprungen wäre, dann würde die Tote anders liegen. Der Täter hat ihr ins Gesicht gesehen und sie rücklings über die Brüstung gedrückt. Genaueres kann ich erst nach der Obduktion sagen.«

Kommissar Krümel fuhr mit seiner Kollegin in den achten Stock um sich alles genau aus der Nähe anzusehen. Als sie das Zimmer betraten, bekamen sie mit, wie sich Notärzte um den im Bett liegenden Klaus Brinkmann bemühten. Außer sich vor Zorn und mit geballten Fäusten in den Hosentaschen schaute er in das Gesicht des Bewusstlosen. Er beugte sich über den jungen Mann und hätte ihm am liebsten eins aufs Maul gehauen. Seine Faust zuckte, er besann sich aber seines Berufes.

»Dieser Kerl hätte uns bald über den Haufen geschossen und ist auch für Kommissarin Braunagels Unfall und dem Überfall im Krankenbett verantwortlich. Seht bloß zu, dass ihr ihn zurückholt, er soll für alles bezahlen und ich schwöre euch, ich werde ihm die Hölle heißmachen. Bringt ihn aber auf jeden Fall in ein anderes Krankenhaus, bloß nicht ins Sankt-Vinzens-

Hospital, nicht dass er nach seiner Rettung wieder den Henker spielt. Ich bin froh, dass die Kollegin Braunagel auf dem Wege der Besserung ist.«

»Er hat wohl diese Schlaftabletten in Whisky aufgelöst und getrunken. Eile ist geboten, und es sieht nicht gut für ihn aus.«

»Es fehlte noch, dass der sich aus dem Staub machte!« schimpfte Krümel, er hielt die Tür auf, damit die Helfer den Bewusstlosen noch schneller mit der Trage in den Aufzug bringen konnten. Beim Anblick dieses Kerls, wäre beinahe seine antrainierte, sichere Distanz verloren gegangen. Dass er so schnell außer Kontrolle geriet, ärgerte ihn. Dieses durfte einem so erfahrenen Kriminalkommissar, auch wenn es noch so furchtbar war, was er seiner Liebsten angetan hatte, nicht passieren. Er hatte doch tatsächlich rot gesehen. Während die SPUSI den Balkon auf Spuren überprüfte, sah sich Sonja Henrichs im Hotelzimmer um.

»Du Sven, der Brinkmann war, als die Kleine vom Balkon gestoßen wurde schon längst im Tiefschlaf, der kann es auf gar keinen Fall getan haben.«

»Was, seid ihr da ganz sicher?«

»Ja hundert pro, es muss noch jemand hier im Zimmer gewesen sein!«

»Wir werden sehen, fragt in der Rezeption nach und lasst euch die Gästeliste geben.«

»Ja, Olaf ist schon dabei.«

»Gut, wir müssen das ganze Hotelzimmer, die Tür und den Flur auf Spuren prüfen, wollen sehen, wer da noch die Finger im Spiel hat. Wenn das so weiter geht, müssen wir eine SOKO bilden, denn ich will keinen unendlichen Fall. Strengt euch an Jungs, wir schaffen es. Wir haben doch noch jede Nuss geknackt oder? Wo ist der Zeuge, der die Tote gefunden hat?«

»Kollegen haben seine Aussage schon aufgenommen.«

»Gibt es weitere Zeugen, die etwas gehört oder gesehen haben?«

»Nein, nicht zu dieser nachtschlafender Zeit!«

»Wir werden es noch genau überprüfen.«

»Ja gut, wir werden sehen!«

Kommissar Krümel schaute sich auch nach kleinsten scheinbar unwichtigen Details im Zimmer um und entdeckte auf einem Briefblock Abdrücke, die von einem geschrieben Brief stammen mussten. Er riss das Blatt ab und gab es der Spurensicherung, die gerade die zwei Gläser und die Personalausweise sicherte.

Dieser Fall gab Rätsel auf, noch mehr als sich die gesamte Mordkommission gedacht hatte. In dieser Krisensituation war Teamarbeit gefragt, jeder trat für den anderen ein und machte Mut, denn sie hatten ein gemeinsames Ziel den Täter zur Strecke zu bringen und den unglaublichen Ehrgeiz, es auch zu schaffen.

Aufklärungsarbeit

Doktor Arthur B. Huber musste sich, wie immer, festlegen. Ein Vielleicht gab es für ihn nicht. So lange er sich im Unklaren bewegte, war ein innerlicher Zwang da, mit unermüdlicher Selbstdisziplin, nach der endgültigen Wahrheit zu suchen und Licht ins Dunkle zu bringen. Im Fall Schulte kam der erfolgsverwöhnte Profiler nicht so richtig weiter. Es gab nichts, was Huber mehr wurmte. Zwar konnte er ein zuverlässiges Täterprofil vom Schulte erstellen, womit feststand, dass dieser Tote, nicht wie angenommen der Haupttäter, sondern nur ein schwaches Glied, also mehr ein Mitläufer einer mehrköpfigen Bande war, und dass diese Verbrechen zwar von langer Hand geplant, aber die eigentlichen Tatgeschehen ein ganz anderes Ausmaß angenommen hatten und nicht voraussehbar waren. Diese Taten wurden nicht professionell und schon gar nicht, wie sonst, von einem kranken Psychopaten, der Lust am Töten verspürte, ausgeführt. Sie ließen erkennen, dass Gier und Neid der Auslöser für diese Heimtücke war. Die Tatsache, dass selbst die Rechtsmedizin nicht klären konnte, mit welcher Tatwaffe Rudolf Schulte geköpft, ob er das Opfer eines Mordes, oder zum Selbstmörder wurde, ließ Dr. Huber bis an seine Grenzen gehen. Dieses fragwürdige Ergebnis tagelanger Untersuchungen, war für ihn nicht akzeptabel. Auch wenn es in der gesamten Kriminalgeschichte so einen Fall noch nie gegeben hatte und keine Vergleiche ausgewertet werden konnten, suchte Huber, nach der gewissen Nadel im Heuhaufen, und somit nach einer plausiblen Erklärung. Obwohl er die Fähigkeit besaß, sich in die Köpfe der Täter hineinzudenken, wog er beide Tötungsmöglichkeiten ab und suchte nach deren Sinn. Was hatte der Mörder davon, einen Mann in seinem Auto zu köpfen? Wie war es möglich bei der Enthauptung einen so sauberen Schnitt durchzuführen und alle Spuren zu vernichten? Und wie konnte ein Mann ohne Kopf noch fahren? Diese Enthauptung musste mit großer Gewalteinwirkung ausgeführt worden sein und war vom Beifahrersitz bestimmt kaum durchführbar. Doktor Arthur Huber schloss einen Mord konsequent aus. Aus der Luft gegriffen hielt er diese Vorstellung. Ein Kopf von einem erwachsenen Mann war schwerer abzutrennen, als bei einem Huhn. Letzteres konnte zwar danach noch fliegen, dass ein Geköpfter aber noch Auto fahren konnte, hielt er für ganz ausgeschlossen. Nein, nein, Rudolf Schulte hatte den Freitod gewählt. Auch sein Täterprofil machte deutlich, dass es sich um einen eher schwachen Mann handelte. Mit 99 %iger Sicherheit war ihm dieses nicht geplante Ausmaß der Verbrechen über den Kopf gewachsen und wusste keinen anderen Ausweg mehr. Auch für diesen außergewöhnlichen Selbstmord, der seines gleichen suchte, wollte er ein Exempel setzen. Er wollte nicht nur Rätsel aufgeben, sondern auch Aufsehen erregen, was ihm vortrefflich gelungen war. Dieses bedeutete den steten Wunsch nach mehr Schein als Sein. Der Kriminalpsychologe war mit seiner Arbeit im Fall des Enthaupteten zufrieden. Wie der Selbstmörder es fertig gebracht hatte, sich selbst zu enthaupten und noch zu fahren, konnte er noch nicht sagen. Das könne er erst, wenn genaue Bilder und Ergebnisse vom Tatort vorlägen. Er war sich sicher, dass sein Freund Sven Krümel auch in dieser Richtung, alles unternehmen würde.

Wie von der Gerichtsmedizin angenommen wurde, bestätigte sich der Verdacht, dass die 18jährige Stefanie Herford über die Brüstung des Balkons gestoßen wurde. Hämatome im Beckenbereich deuteten darauf hin. Es musste ein Kampf stattgefunden haben, Hautabschürfungen an Händen sowie blaue Flecken an den Handgelenken ließen Gewaltspuren deutlich erkennen. Die junge Frau musste sich heftig gewehrt haben.

Unter den Fingernägeln wurden Hautpartikel gefunden, die noch nicht zuzuordnen waren. An den Trinkgläsern befanden sich nur Fingerabdrücke von Stefanie Herford und von Klaus Brinkmann. Allerdings wurden an der Balkontür, Türgriff und am Schreibtisch weitere Fingerspuren sichergestellt. Die junge Frau hatte einen Alkoholspiegel von 2,4 Promille. Den Ärzten war es gelungen Klaus Brinkmann in letzter Minute zu reanimieren und seine Vergiftung durch den viel zu hohen Alkoholgenuss wie auch dem Tablettenmissbrauch, in den Griff zu bekommen. Er musste stationär weiter behandelt und unter Polizeischutz gestellt werden.

Sven Krümels gesamte Mannschaft war über das überraschende Profil des einstigen Hauptverdächtigen, verwundert. Als Doktor Huber seine These aufstellte, dass Rudolf Schulte ganz sicher Selbstmord begangen hatte, da sah man bei der Mordkommission nur noch skeptische Gesichter. Jeder einzelne hatte seine echten Zweifel, aber niemand wagte gegen Doktor Huber, Einwände zu erheben. Er fand immer die richtige Antwort auf alle Fragen. Es war im Morddezernat außergewöhnlich still geworden. Doktor Huber hatte bisher nie eine falsche Prognose abgegeben, sein Urteil war wegen seiner hundertprozentigen Trefferquote unantastbar und gerade deswegen sein Rat auch weit über die Grenzen gefragt, trotzdem konnte er mit dieser Erklärung bei Krümels Team keinen Blumentopf gewinnen. Sven wusste, dass eventuell die Frage, ob er tatsächlich sicher sei, völlig daneben wäre. Wenn der Kriminalpsychologe sich äußerte, dann war er sich natürlich sicher und es gab an seiner Feststellung nichts zu rütteln. Waren er und seine Leute denn alle auf dem Holzweg?

»Wie kann sich denn jemand selbst enthaupten? Das geht doch nicht. Das ist genau so rätselhaft, wie ein Geköpfter noch sein Auto lenken kann. Ich dachte immer, dass die Sache mit dem enthaupteten Störtebecker, der seinen Kopf unterm Arm die lange Reihe an seinen Seeräubern vorbei lief und elf von ihnen dadurch das Leben rettete, eine gute Geschichte sei, aber dass es so etwas wirklich gibt, hätte ich auch nicht gedacht«, staunte Krümel, der seine Leute nur etwas aufheitern wollte. Kollege Olaf meinte mit einem resignierendem Unterton: »Dieser Fall macht uns noch wahnsinnig und ist fast nur noch im Suff zu ertragen. Da fällt mir übrigens ein, dass wir wieder nur im Einsatz sind, schon lange keinen freien Abend hatten und unsere Frauen uns nur noch mit sie ansprechen.«

»Ja, das ist eben so mit unserem Beruf. Wenn wir nicht viel Freizeit haben, wird uns auch das Geld nicht knapp.«

»Da sagst du was.«

»Und damit wir nicht auf der Stelle treten, fahrt ihr raus zu den Eltern der Ermordeten. Wir kümmern uns um Klaus Brinkmann, bin gespannt, was der uns zu erzählen hat.«

Kommissar Krümel schaute in die Richtung seiner Jüngsten, die sofort von ihrem Platz aufsprang und ihre Tasche nahm. Olaf Bremicke meinte: »Sag mal Sven, wäre es nicht besser wir tauschten und würden für euch in die Franken-Klinik fahren?«

Sven lehnte dies dankend ab: »Ich bin nicht befangen und mache meine Arbeit genauso professionell, wie bei jedem anderen. Wahrscheinlich ist er noch gar nicht vernehmungsfähig, wir versuchen wenigstens das Wichtigste aus ihm rauszukitzeln, dafür brauchen wir gerade fünf Minuten.«

Verdammt, selbst diese fünf Minuten waren dem Ermittlerpaar nicht vergönnt.

»Der Patient ist dem Gevatter Tod erst vor wenigen Stunden von der Schüppe gesprungen, er ist noch nicht in der Lage ihnen Frage und Antwort zu stehen. Wir machen doch Beide nur unsere Arbeit, Herr Kommissar und jeder so gut er kann. Es wäre unverantwortlich, wenn ich sie an das Bett des Kranken ließe. Kommen sie morgen wieder, dann werden wir sehen ob er sich etwas erholt hat. Einen schönen Tag noch Kommissar Krümel«, sagte der Oberarzt und lächelte beim weggehen die attraktive Sonja freundlich an.

»Danke, Herr Doktor Peters« winkte Krümel ihm nach. Sonja nickte.

»So ein Mist, uns hätte ein Name schon weitergeholfen.«

»Ach Sven, jetzt kommt es auf einen Tag mehr oder weniger auch nicht mehr an«, entgegnete die Hübsche, die offensichtlich überall und ganz besonders bei den Herren, gut ankam. Sie rutschte auf dem Beifahrersitz unruhig hin und her.

»Ja Kleines, der Tag war heute sehr lang, das ist aber so, wenn man seine Arbeit gut machen will. Der Zeiteinsatz ist Nebensache, was zählt sind die Aufklärungserfolge die verlangen immer am Ball zu bleiben und wir sind noch meilenweit vom Ziel entfernt. Vielleicht hilft uns auch die Familie der Toten weiter. Ich habe übrigens einen richtigen Kohldampf, du auch?«

»Ganz bestimmt, wir haben weder gefrühstückt noch zu Mittag gegessen.«

»Komm, wir machen eine Pause und stärken uns erst einmal. Da drüben ist ein nettes Lokal mit guter Küche, da halten wir.«

Sven spürte plötzlich in seiner Magengegend ein merkwürdiges Gefühl, welches nicht vom Hunger kommen konnte. Er redete sich ein schlechtes Gewissen gegenüber Brigitte ein. Mit ihr war er zwischendurch nie essen gegangen. Wenn das schon die Auswirkungen seiner Verliebtheit waren, bekam er es mit der Angst zu tun. Hatte Brigitte ihn gefangen und war er im Begriff, sich rechtfertigen zu müssen und ein verliebter Trottel zu werden? Er lächelte bei dieser Vorstellung und wusste, dass er dafür nicht gemacht war. Sie nahmen an einen schön gedeckten Tisch Platz und studierten die Speisekarte.

»Du Sven, ich muss dir mal was sagen. Leider hatte ich bisher noch keine Gelegenheit zu beichten. Lass uns aber erst gut essen, dann schmeckt es uns beiden besser.«

»Wie so schlimm ist es? Ich kann einiges vertragen, da muss schon was ganz Furchtbares kommen, was meinen Appetit verdrängen würde. Spuck es aus, ich bin ein sehr neugieriger Mensch. Das ist auch der Grund warum ich zur Polizei gegangen bin.«

»Nein, nein, bitte, ich kann dir das erst nach dem Essen sagen, sonst bekomme ich keinen Happen runter.«

»Ich weiß, was dir passiert ist, du hast dich in mich verliebt, stimmt's?« Sven wunderte sich, dass er diese Frage in den Raum stellte, was konnte sonst Schlimmes einem so hübschen Mädchen schon passiert sein. Es war ja nicht das erste junge Ding, das sich in ihren Chef verliebt hatte und dann mit so einem alten Knochen bestraft war. Die Mobbingsache war doch ausgestanden und ganz so abwegig war diese Vorstellung ja nicht. Schöne Augen hatte sie ihm genug gemacht, wenn er ihr nicht die kalte Schulter gezeigt, dann hätte er ein verdammt leichtes Spiel gehabt, aber Hallo. Die Kleine sah sowieso immer aus, als wäre sie den ganzen Tag verliebt. Ach, dieser Gedanke daran, durfte doch erlaubt sein, auch wenn man in festen Händen war. Sonja war puterrot geworden und wurde ziemlich verlegen.

»Nein, es ist noch was anderes!«

»Was könnte denn noch schlimmer sein, als sich in seinen Chef zu verlieben? Lass mich raten, dein eifersüchtiger Freund hat bei einem Wutausbruch den schönen Spiegel zerdeppert!«

»Nein, mein Kummer ist beruflichen Ursprungs.«

»Du willst nicht mehr bei uns arbeiten, hast erst Erfahrung bei uns gesammelt und willst nun Kindergärtnerin werden!«

Die junge Polizistin kicherte, sie hatte großen Spaß an Krümels Vermutungen.

»Da hast du aber Glück gehabt, dass jetzt endlich serviert

wird. Lass es dir gut schmecken und dann weinst du dich in Ruhe an meiner Brust aus.«

Die Blonde nickte zögernd, lächelte und wünschte: »Einen guten Appetit«

Das Essen schmeckte vorzüglich und weil es gerade so gut mundete, bestellte Krümel noch einen leckeren Nachtisch.

»Mit einem vollen Magen, geht es einem doch gleich besser.«

»Ganz bestimmt bist du gleich böse auf mich und beschließt mich sofort nicht mehr mitzunehmen. Das wäre für mich ganz, ganz schrecklich. Ich mache meine Arbeit mit dir so wahnsinnig gern. Bitte schrei mich jetzt nicht vor allen Leuten an.«

»Du machst es aber wirklich spannend, das Mädchen immer so drum herum reden müssen. Um Himmelswillen, was ist denn nun wirklich passiert?«

»Ich habe vergessen eine Haarprobe abzugeben.«

»Was?«

»Ich war das erste Mal mit dir unterwegs, es war alles so schön und spannend in Hamburg. Weißt du, bei der Frau Rosendeckel war ich doch auf der Toilette und habe da Haarproben gesichert. Ich habe die ehrlich gesagt, erst heute in meiner Tasche gefunden. Ich wollte so gut sein und dann ist mir das passiert. Was soll ich denn jetzt machen?«

»Ja, was machen wir denn jetzt bloß, wir geben die Haarprobe nachher ab und du bezahlst unser Menü. Du warst von mir nicht angehalten eine Haarprobe zu sichern, was regst du dich über ungelegte Eier auf, die Frau war mir zwar unsympathisch, aber nicht verdächtig.«

Der jungen ehrgeizigen Polizistin fiel ein Stein vom Herzen und schien froh über Svens Antwort zu sein. So einfach hatte sie sich das nicht gedacht, ihr Chef war heute besonders gut drauf. Sie ließ sich auch die Rechnung geben. Selbstverständlich zahlte der Kommissar, der wirklich vor Charme sprühte.

Nummer 40 7 12 18

Das ungemütlich kalte Winterwetter zeigte sich mit starkem Sturm und hohen Schneeverwehungen, noch einmal von seiner rauesten Seite, bevor es sich höchstwahrscheinlich für ein Jahr von dem eher selten verschneiten Landstrich verabschiedete. Mit dem einsetzenden Tauwetter wurde die Wetterlage aber nicht gemütlicher. Ganz schlimm war es auf den Straßen, die blitzschnell zu Eisbahnen wurden. Die nun bizarr aussehenden Bäume hatten ihr prachtvolles weißes Winterkleid verloren und auf den Gehwegen lagen überall dreckiggraue Matschteppiche, die man mit hochgezogenen Hosenbeinen vorsichtig zu umgehen versuchte.

Einige Veränderungen waren auch im Morddezernat eingetreten, denn endlich sahen die Ermittler in diesen mysteriösen Mordfällen einen kleinen Lichtschein am Ende des Tunnels. Die auf dem Briefpapier befindlichen Abdrücke waren gut lesbar gemacht. Klaus Brinkmann hatte in einem Abschiedsbrief an seine Mutter gestanden, dass er im Auftrag seines Vaters, Frau Schulte immer wieder auf schäbigster Art und Weise verängstigt und dafür Geld bekommen habe. Er wollte nur seiner todkranken Schwester helfen. Zu den Taten an der Kommissarin sei er gezwungen worden. Er hätte große Schuld auf sich geladen, mit der er nicht länger leben könnte, wäre aber niemals fähig gewesen einen Menschen zu töten. Gott weiß, dass ich kein Mörder bin und du sollst es auch wissen. Verzeih mir bitte und bete für mich. Die Nummer 4071218. trägt die alleinige Schuld. Mit diesen Sätzen endete sein Brief, der vom Killer abgerissen und vermutlich eingesteckt wurde. Das Original war jedenfalls nicht auffindbar. Was hatte es mit der Nummer auf sich, wer steckte dahinter? Warum nannte der Lebensmüde in seinem Abschiedsbrief diese Nummer und keinen Namen?

Wollte er den Täter schützen, oder kannte er ihn selbst nicht einmal richtig und nur seine Verschlüsselung? Den Namen würde Klaus Brinkmann nennen müssen, wenn er aussagefähig war, noch hatte der Arzt nicht sein OK gegeben.

Die Mordkommission versuchte diese Nummer ausfindig zu machen, irgendwo musste sie ja herkommen, eine Telefonnummer sein, oder zu einem Schließfach gehören. Fragwürdig war diese Geschichte schon, aber was war eigentlich nicht fragwürdig an diesem Fall? Auch die Aussage der um ihre Tochter trauernden Eltern, erbrachten keinerlei Hinweise. Sie wussten nicht warum ihre Tochter sich ein anderes Äußeres zugelegt hatte. Junge Mädchen hätten immer Vorbilder und alle würden sich in dem Alter gerne verändern. Im Verwandten und Freundeskreis wusste niemand etwas von Stefanies Veränderungen, von keinen Auffälligkeiten und sie konnten sich nicht vorstellen warum gerade Stefanie eines Gewaltverbrechens zum Opfer fiel. Klaus Brinkmann war als ihr guter Freund bekannt und nie auffällig. Die gesamte Mordkommission saß mit rauchenden Köpfen vor ihren Unterlagen und ließ die Geschehnisse Revue passieren. Hatten sie einen Fehler gemacht, etwas übersehen oder nicht beachtet? Die einzige Klarheit bestand darin, dass Klaus Brinkmann für die Gruselattacken in der Villa und für die Straftaten an Brigitte Braunagel verantwortlich war. Rudolf Schulte hatte seinen Sohn bezahlt, damit er seine Frau verängstigte, er selbst wählte nach Dr. Hubers Recherche den Freitod. Was war sonst noch passiert? Viel! Und was konnten sie auflösen? Nichts! Unglaublich, nach diesen aufreibenden, tagelangen Ermittlungen, ein miserables Ergebnis. Was hatten sie für Beweise? Keine! Fingerabdrücke fanden sie an der Waffe, die für die Schießerei auf die Kommissare, Frau Schulte und ihre Tochter Katja benutzt wurde. Diese stammten von Klaus Brinkmann, dem Lebensmüden, der in seinem Abschiedsbrief beteuerte, mit keinem Mord etwas zu tun zu haben. Ein anderer Täter müsste geschossen und falsche Spuren gelegt haben. Wer konnte sonst noch unbemerkt in der Villa ein und ausgehen? Der Gärtner, der war ja sowieso in jedem Krimi immer der Mörder, wenn es der Butler nicht war. Nein, das wäre auch zu einfach, er hatte ja auch kein Motiv. Wer hatte denn ein Motiv und den Herrn Schulte veranlasst, seine Frau verrückt zu machen? Was versuchte Dr. Huber in seinem Täterbild zu etablieren? Waren diese Verbrechen von langer Hand geplant und hatten sie nicht ein anderes Ausmaß angenommen? Waren die unprofessionellen Schulte und Brinkmann überfordert sowie angewidert? Wählten sie deshalb den Freitod? War auch die getötete Stefanie, wie der Profiler andeutete, ein kleines Glied in der Kette, war sie es leid mit ihrem Aussehen den Tod von Katja zu vertuschen? Wollte sie aussteigen und aussagen? War das der Grund, weshalb sie sterben musste? Dr. Huber meinte, der Kopf der Bande tötete nicht aus Lust am Töten, sondern aus Neid und Habgier. Wenn das der Auslöser für dieses Motiv war, konnte nur ein Täter in Frage kommen. Sven Krümel wollte nicht abwarten, bis er mit Klaus Brinkmann sprechen konnte. Für ihn war die Sache schlüssig. Er brauchte jetzt auch nur noch wenige Minuten um die Zahlenfolge zu entschlüsseln. Er lächelte fast spitzbübisch als er über seinen Brillenrand in die Runde schaute: »Wenn es einmal läuft, dann läuft es. Wisst ihr was es mit der Nummer auf sich hat? Nehmt den siebten, den zwölften und den achtzehnten Buchstaben des Alphabets, die stehen für GLR, setzt die Vorwahl von Hamburg davor und schon wisst ihr um welchen Täter es sich handeln muss und wo er wohnt.«.

»Jetzt wo du es sagst, ist es auch ganz plausibel.«

»Ja, es steht für den Namen Gisela Luisa Rosendeckel.«

»War ja doch gut, dass wir dorthin gefahren sind, da haben sich die Mühen wie immer gelohnt.«

Die junge Kollegin war von der guten Laune des Teams angesteckt und fragte: »Fahren wir denn jetzt wieder nach Hamburg?«

»Nee Kleines leider nicht, es gibt hier für uns noch einiges zu tun. Wir bitten die Kollegen in Hamburg um Amtshilfe. Wichtig ist für uns, dass wir den Fall so gut wie abschließen können.«

»Wie willst du denn einen Haftbefehl bekommen, wir haben doch so gut wie nichts in den Händen und brauchen triftige Beweise?«

»Die haben wir doch.«

»Wieso, in wie fern?«

Kommissar Krümel holte tief Luft und genoss die Situation dieser Minute, in der seine Mitstreiter ihn fragend anstarrten.

»Unser kleines Blondchen, dem ihr so recht nichts zugetraut habt, hatte die fabelhafte Eingebung, im Haus der Frau Rosendeckel, Spuren für eine Probe einzusacken. Soeben erhielt ich die wunderbare Nachricht, diese DNA ist mit anderen Spuren, die im Versteck der Villa, so wie auch im Hotelzimmer gesichert wurden, identisch. Die SPUSI bringt uns gleich die Auswertung vorbei.«

»Das ist ja ganz toll, da kann man nur gratulieren.«

»Ich will hoffen, dass sie jetzt kein Außenseiter mehr ist und in unserer Mitte ihren gerechtfertigen Einzug gehalten hat.«

»Ja und ob, sie hat sich in diesem Fall gleich zweimal großartig bewährt, herzlichen Glückwunsch Sonja!«

Das gesamte Team hatte sich um die junge Kollegin versammelt und reichte der freudig Überraschten die Hand.

»Ich will mal eben in Hamburg anrufen, damit sie sofort geschnappt wird. Noch schöpft sie keinen Verdacht, fühlt sich unbeobachtet und weit weg vom Geschehen, noch sehr sicher. Ich würde gerne bei ihrer Verhaftung dabei sein und in ihr Gesicht schauen, bestimmt verzieht sie dabei auch keine Miene.«

Olaf holte eine Flasche Sekt aus dem Kühlschrank, dieser freudige Anlass musste gebührend gefeiert werden. Auch wenn eine Pulle längst nicht reichte, so konnte man wenigstens miteinander anstoßen. Es tat gut nach diesem grässlichen Fall sich entspannt zurücklehnen und aufatmen zu können.

Galgenbaum

Doktor Huber gratulierte der Mordkommission zu der gelungenen und sehr raschen Aufklärungsarbeit. Immerhin schaffte sie diesen mysteriösen Fall mit kaum vorstellbaren Täuschungsdelikten, drei Mordversuchen mit schwersten Körperverletzungen, vier Todesopfern und einem Selbstmordversuch, in nur kürzester Zeit aufzulösen. Sven Krümel, der gewiefte Kriminalkommissar, schaffte es wieder einmal durch sein unbeirrbares Engagement im Kampfe gegen das Verbrechen, die von ihm erwartete Leistung abzuliefern und die Brillanz seiner Polizeiarbeit deutlich zu machen. Zu dieser überdurchnittlichen Erfolgsbilanz trugen seine hoch motivierten Mädel und Jungen seines Vereins ein großes Stück dazu bei und nicht zuletzt ein Kriminalpsychologe aller erster Güte. Ein tolles Team, was zu gebrauchen war und schon manchen Verbrecher hinter Schloss und Riegel gebracht hatte.

Bis hier hin war ja alles ganz gut und schön, wenn nicht der Todeshergang des Rudolf Schulte so rätselhaft gewesen wäre! Jetzt, da mittlerweile der Schnee geschmolzen war, wollte sich Doktor Huber noch einmal am Fundort des Enthaupteten umsehen und nach Spuren und eventuellen Hinweisen suchen. Dieser Waldweg müsste jetzt ohne Schnee, die ganze Wahrheit ans Licht bringen und Bilder zeigen, die mit der weißen Pracht unmöglich waren. Da sein Freund Sven Krümel nicht mehr so sehr unter Zeitdruck stand, bat er ihn mit zu kommen. Man fragte sich sowieso immer, wie es der Profiler schaffte, Bilder zu sehen, die andere nicht wahrnehmen konnten. In seinem Hirn waren Dinge, die noch nicht geschehen waren schon abgespeichert, wie bei einem Hellseher. Doch diese Vermutungen lehnte er stets in gewohnter Bescheidenheit ab. Als die beiden Freunde gemeinsam den Weg absuchten, kam ihnen sehr schnell die lang erwartete Erleuchtung.

»Ja da haben wir doch die Erklärung«, bemerkte Arthur, pfiff einen schrillen Ton aus den gespitzten Lippen und winkte Sven zu sich. Dieser eilte sofort zu seinem Freund und nahm das so lange gesuchte Mordinstrument in seine handschuhbekleidete Rechte: »Mein Gott, das kann man nicht glauben, hier ist die Tatwaffe! Potts Blitz, da wird doch der Hund in der Pfanne verrückt.«

»So einen Selbstmord hat es tatsächlich noch nicht gegeben. Ganz schön einfallsreich dieser Schulte. Habe ich nicht gleich gesagt, dass er ein Exempel statuieren und Rätsel aufgeben wollte?«

»Das ist ihm wirklich großartig gelungen. Wie kann man sich denn nur so einen schrecklichen Tod aussuchen?«

»Du, wenn man richtig überlegt, ist das ein sehr sicherer und schneller Tod, man kann nach dem Auffinden garantiert nicht wieder zurückgeholt werden.«

Sven Krümel stand ganz versonnen mit der Stahlschlinge in der Hand vor dem Baum, und schaute genauso interessiert wie ein Schulbube einst in der Physikstunde.

»Ich kann es nicht glauben, da hat der Schulte diese Schlinge an dem Baum befestigt, sie durch die herunter gedrehte Fensterscheibe gelegt, sich angeschnallt, seinen Kopf durch die Schlinge gesteckt, hat aufs Gaspedal getreten und ist mit Karacho losgefahren. Die Schlinge hat mit großer Spannung blitzartig den Hals durchtrennt und wie ein Bummerrang zurückgeschlagen. Der hohe Schnee hatte dieses Henkerwerkzeug abgedeckt und alle Spuren beseitigt. Ich rufe ein paar Jungs der Spurensicherung, die sollen sich unbedingt diese seltsame Geschichte einmal aus der Nähe ansehen. Das ist ja wirklich kaum zu glauben.«

»Ja, was sich Leute alles einfallen lassen! Jetzt ist auch auf einmal das kopflose Fahren ganz plausibel. Da muss man erst mal draufkommen.«

»Zum Glück ist dieser Fall nun auch abgeschlossen. Ich muss noch in einer Pressekonferenz Rede und Antwort stehen und noch einige Schreibarbeiten erledigen. Dann kann ich mich etwas mehr um Nägelchen kümmern. Meinst du, dass sie richtig gesund und auch wieder volleinsatzfähig wird?«

»Ich glaube schon, allerdings dauert es noch eine Weile. Wie mir der behandelnde Neurologe versicherte, wurden die neurologischen Parameter abgefragt. Sie wurde mit einem Punktesystem bewertet und schnitt dabei hervorragend ab. Brigitte wird bestimmt bald aus der Klinik entlassen, braucht dann aber noch absolute Ruhe. Eine Luftveränderung würde ihr sicher gut tun, dann könnte sie besser abschalten. Was ich dich mal fragen wollte, habt ihr euch jetzt endlich gefunden?«

»Ja, wie schon gesagt, ich habe ihr meine Liebe gestanden.«

»Deine Verliebtheit in den letzten Tagen war auch nicht zu übersehen. Brigitte hatte ja schon immer ein Faible für dich. Hat echt lange gedauert, ich freue mich für euch. Ihr passt prima zusammen, nach meiner Meinung seid ihr das ideale Paar überhaupt.«

»Ich war ein Dussel, hätte schon öfters mit ihr eine Nacht verbringen können, aber dazu ist es bisher nie gekommen. Wenn ich daran denke, dass es bald hätte vorbei sein können, habe ich richtiges Herzbubbern.«

»Man muss sich manchmal zu seinem Glück zwingen. Wenn ich an deiner Stelle wäre, würde ich mir endlich mal Urlaub gönnen ein schönes, romantisches Hotel buchen und mit Brigitte zusammen wegfahren.«

»Meinst du wirklich, das sollte ich machen?«

»Na klar, einen besseren Start kannst du dir nicht wünschen und deine Brigitte wird begeistert sein. Sollst mal sehen, wie schnell sie dann gesund wird. Die Psyche spielt hierbei eine ganz große Rolle. Mach das mal, auch dir würde etwas Urlaub gut tun.«

»Du, weißt du was, das mache ich auch«, antwortete Sven und führte einige seiner Jungs mit diesem festen Vorsatz zufrieden lächelnd zu dem Galgenbaum.

Ende